imaginist

想象另一种可能

理
想
国
imaginist

[乌克兰] 安德烈·库尔科夫  著

穆卓芸  译

天木  校译

# 企鹅的忧郁

## СМЕРТЬ ПОСТОРОННЕГО

### ANDREJ KURKOW

广西师范大学出版社

·桂林·

# 1

先是一颗石头落在维克托脚边，离他不到一米。他回头看，只见两个蠢蛋对他冷笑，其中一人弯腰从龟裂的石子路上捡了另一颗石头，像玩滚石子游戏似的朝他抛来。维克托加快脚步绕过街角，告诉自己千万不能跑。他回到住处街上，抬头看了时钟，九点整。没有声音，也没有人追来。他走进公寓，心里已经不再害怕。那些老百姓已经支付不起一般的娱乐了。生活那么无聊，他们只好开始丢石子。

维克托打开厨房灯，灯还没亮就熄了。他们把电停了，说断就断。黑暗中，他听见企鹅米沙不疾不徐的脚步声。

米沙是一年前住进他家的。那时动物园正在分送动物，将饥肠辘辘的动物送给能喂饱它们的人。维克托去了动物园，回家时便多了一只国王企鹅。维克托前一周才被女友抛弃，觉得很寂寞，而米沙也有它自己的孤单，于是这两个就这样互相寂寞着，感觉更像彼此依赖，而不是亲密的伙伴。

维克托翻出一根蜡烛，点燃后装进一只蛋黄酱空罐里摆在桌上。微弱的烛光散发着无忧无虑的气氛，很有诗意，让他忍不住在昏暗中寻找纸和笔。他坐在桌前，对着纸和蜡烛，感觉白纸在求他写些什么。如果他是诗人，此刻肯定文思泉涌。可惜他不是。他只是一名困在新闻报道与粗糙散文之间的作家。写短篇小说已经是他的极限。非常短的短篇小说，短到就算领了稿费也不足以过活。

轰的一声枪响。

维克托冲到窗边，脸贴着玻璃往外看。什么都没有。他回到桌前，刚才的枪声已经给了他一个灵感。不过就那么一页，没再多了。他刚为自己最新的极短篇小说划上可悲的句点，电就来了，天花板的灯泡亮得刺眼。维克托吹熄蜡烛，从冰箱拿了一条青鳕鱼放进米沙碗里。

# 2

隔天早上，他将昨天的极短篇小说打成白纸黑字后就告别米沙出门了。头一站是一家新成立的冤大头报社。他们什么都刊登，从食谱到后苏联时代的戏剧评论一概不拒绝。他认识报社的总编辑，偶尔会相约喝个烂醉，再由总编的司机开车送他回家。

总编辑笑脸相迎，拍了拍他的肩膀，吩咐秘书去泡咖啡，接着便恢复编辑本色，拿起维克托的大作品评一番。

读完之后他说："不行啊，兄弟。别误会，但这篇文章真的不行，需要再血腥十倍，或来点畸恋什么的。别忘了报纸的短篇文章就是要腥膻色啊！"

维克托没等咖啡来就离开了。

《首都新闻报》的办公室就在附近。那里的编辑部没有维克托的熟人，于是他便到艺文部试试手气。

年纪颇大的助理编辑亲切地说："我们其实不登文学作品的，但你还是把小说留下来吧，谁晓得会怎样？说不定某个周五能见报，你知道，为了平衡版面。读者看了太多坏消息会想来一点清淡的，至少我就会。"

　　说完那小老头递了一张名片给他，就回到堆满稿子的桌前坐下。维克托这时才发现对方根本没请他进办公室，两人是在门口聊的。

# 3

两天后，电话响了。

"这里是《首都新闻报》，抱歉打扰您了，"女人的声音，语气清脆利落，"我们的总编辑在线，想跟您谈谈。"

某人接过话筒。

"维克托·阿列克谢耶维奇吗？"一个男的问道。"你能不能今天来我们这里一趟？还是没空？"

"我有空。"维克托说。

"那我派车去接你，蓝色的日古利。告诉我地址。"

维克托报完地址，总编辑说了一句"待会儿见"就挂了电话，连名字也没说。

维克托打开衣橱挑选衬衫，心想报社找他是不是为了那篇小说。概率不高……那篇小说对他们能有什么用处？不过，管他的！

蓝色日古利就停在公寓入口。司机很客气，将他载到报社去见总编辑。

总编辑看起来不像跑新闻的人，反倒像上年纪的运动员。也许真的是。不过他眼神里的嘲讽还是骗不了人。那种神情只可能出于智慧与学问，不可能来自成天泡在健身房的人。

"坐吧。要来点干邑白兰地吗？"他一边说着，一边像主人似的挥手要维克托坐下。

"可以的话，我想来点咖啡。"维克托说着在面对大办公桌的一张皮椅上坐了下来。

"两杯咖啡，"总编辑拿起电话交代一句，接着亲切地说，"你知道吗，我们前几天才聊到你，结果我们的艺文助理编辑鲍里斯·莱昂纳多维奇昨天就拿了你写的小文章来找我，要我读读看。我看了，写得很不错，看完忽然想起之前为什么会聊到你，就觉得我们应该见个面。"

维克托客气地点了点头，伊戈尔·罗夫维奇露出微笑。

"维克托·阿列克谢耶维奇，"他接着说，"你要不要来我们这里工作？"

"写什么？"维克托问，心里暗自担忧又要重拾记者的苦力生活了。

伊戈尔·罗夫维奇正想解释，秘书就端着咖啡和一罐糖进来了。罗夫维奇闭上嘴巴，直到秘书走了才开口。

"这件事是最高机密，"他说，"我们正在找一名文笔出众的讣闻记者，专门写一些漂亮文章。你懂我的意思吗？"他满脸期待望着维克托。

"你是说坐在办公室里等人死掉？"维克托小心翼翼地问，生怕对方说是。

"不是，当然不是！你做的事比这个更有趣、更有责任。你的工作是无中生有编出一篇缅怀文，我们称之为讣闻，对象从官员、帮派分子到文化界人士都有，反正就是那些人，而且在他们还活着的时候写。但我希望能用前所未有的方式来描绘死去的人。你的小说让我觉得你就是最佳人选。"

"薪水呢？"

"起薪三百元，工时由你自己决定。当然你得让我知道你挑了谁，免得害我们哪天在路上被车撞了还不晓得。喔，还有一个要求，你得用假名。这样对你、对大家都好。"

"什么假名？"维克托问。他说这话一半在问伊戈尔，一半问自己。

"你自己想。要是想不出来，就先用一群老友吧。"

维克托点点头。

# 4

上床前，维克托喝了茶，想了一会儿死亡的事，但没有很认真。他的心情不是很好，应该喝伏特加而不是茶，只是他没有伏特加。

好特别的工作！虽然他对要做什么还是一头雾水，却有一种即将做一件不寻常的新鲜事的预感。不过，企鹅米沙一直在漆黑的走廊走来走去，不时敲打厨房的门。最后他终于良心不安，开门让米沙进来。米沙在桌旁停留片刻，用一米左右的身高看了看桌上有什么。它瞄了热茶一眼，随即转向维克托，用高级官员般真诚又睿智的眼神望着他。维克托觉得应该给米沙一点报偿，便走到浴室打开水龙头。米沙一听见水流声便摇摇摆摆跑进浴室，不等浴缸水满就一个纵身翻了进去。

隔天早上，维克托到《首都新闻报》去找总编辑，想请他给一点实用的建议。

"名人那么多，我们该从何选起？"他问。

"这还不简单？你看新闻报道谁，就从里面挑一个。不是所有乌克兰的名人都会上报的，你知道，而且不少人宁愿这样……"

那天傍晚，维克托买了所有报纸，回家坐在厨房桌前开始用功。

他看的第一份报纸给了他许多素材。维克托在一些大人物的名字底下划线，然后誊写到笔记本里"备用"。他根本不必担心没东西可写，光是头几份报纸他就抄了六十多个名字！

喝完茶之后，他又有新的想法，这回就和"缅怀人物志"有关了。他觉得自己已经发现该如何替它"赋予生命"同时"撩动人心"了。这样一来，就算单纯的集体农场工人，就算他从来没听过那个过世的家伙，读完也会一掬同情之泪。到了隔天早上，维克托已经有了第一篇"人物志"的雏形，就等总编辑青睐。

# 5

　　隔天早上九点半，维克托得到了总编辑的核批，喝了咖啡，郑重其事领了报社工作证，在路旁向小贩买了一瓶芬兰伏特加，接着便前往拜访曾是作家，现为国家议会副主席的亚历山大·亚可尼茨基了。

　　听说《首都新闻报》的记者求见，副主席非常开心，立刻吩咐秘书取消所有原定的约会，也不再接待其他访客。

　　坐定后，维克托拿出伏特加和录音机摆在桌上，副主席立刻取出两只小水晶酒杯，放在酒瓶两旁。

　　不等维克托发问，他就开始畅谈自己的工作与童年，以及大学时担任共产主义青年团召集人的过往。伏特加喝完时，他正在大谈切尔诺贝利旅行的经验。那几趟旅行似乎顺带提升了他的性能力。不相信的话，去问他担任私校教师的妻子和身为国家剧院首席女歌唱家的情妇就知道了。

告别前，两人互相拥抱。维克托感觉这位前作家兼国家议会副主席果然是一号人物，只是以讣闻来说似乎太活力充沛了些。不过，本来就该这样才对！讣闻写的是刚过世的人，本来就该保留他们人性的余温，不应该全是绝望的哀伤！

回到公寓后，维克托开始撰写讣闻。他花了两页篇幅，以温暖的笔调"缅怀"副主席的一生荣辱，完全没重听录音机的内容，因为一切都还在他记忆中，无比鲜活。

"太精彩了！"隔天早上，伊戈尔·罗夫维奇兴奋地说。"希望女主角的老公能够闭嘴……今天可能会有不少女人为了他而哭泣，但我们最该慰问的其实是他的妻子，以及另外一位，那曾经为了他引吭高歌，声音响彻国家剧院的美丽女郎。太美了！保持下去！继续写出这么棒的东西来！"

"伊戈尔·罗夫维奇，"得到称赞后，维克托的胆子稍微大了一些，"我手上没什么资料，访问人又需要时间。我们没有备用人选吗？"

总编辑笑了。

"当然，我正想跟你提——在刑事组。我会叫费奥多尔给你权限。"

# 6

维克托渐渐习惯工作，他的生活也跟着起了变化。他变得非常投入……刑事组的费奥多尔简直是天赐的礼物，不仅知无不言，而且真的知道很多，从大人物的情人（男女都有）、他们的道德瑕疵到大小生活事件，他都了如指掌。总之，从他那里，维克托得以一窥那些隐藏在履历之外，有如上好印度香料，让忧伤但确凿的事实变为辛辣八卦的种种故事。每隔几天，他就将一批新货送到总编辑面前。

一切都很顺利。他口袋里有了钱，虽然不多，但他需求不高，这样的收入已经够用了。唯一烦心的是没人认识他，就算假名也没人听过，因为他"缅怀"过的名人都活得好好的。他写了一百多个大人物，不仅没有一个驾鹤西归，就连病号也没有。不过，这些想法并未阻碍维克托的工作进度。他勤奋翻阅材料，记录人名，勉力钻入他人的生命之中。他不断告诉自己：乌克兰必须认识自己的大人物。

十一月某个下雨天，企鹅米沙正在泡冷水澡，维克托正在想他笔下主角为什么都不会死的时候，电话响了。

"伊戈尔·罗夫维奇要我打给你，"男人喘息着说，"我有件事想谈。"

既然是总编辑介绍的，维克托便说他很乐意碰面。半小时后，一名打扮潇洒的四十五岁男人出现在他家门口，手上拿着一瓶威士忌。两人直接走到厨房桌前坐了下来。

"我叫米沙。"那男人说。维克托听了觉得有趣又有点尴尬。

"抱歉，"他解释道，"我的企鹅也叫米沙。"

"我有一个老朋友病得很重，"访客切入正题，"他和我同样年纪，我们从小就认识了。他叫谢尔盖·切卡林。我想为他预定一篇讣闻……您愿意接吗？"

"当然，"维克托说，"但我需要一些材料，最好是个人信息。"

"没问题，"米沙说，"他的事我统统知道，可以跟你说。"

"那就请说吧。"

"他父亲是裁缝，母亲是托儿所老师，小时候的梦想是拥有一辆机车。毕业时他买了一台明斯克摩托车，不过有一些半偷半买的味道……他深深以过去为耻，但现在也好不到哪里去就是了。我们是同事，我和他。我们经常往来，彼此越来越信任。我日子过得很好，他没有。老婆最近刚离开他，之后一直孤家寡人，连情人都没有。"

"他太太的名字是？"

"列娜……总之，他过得很不好，健康状况也不好。"

"是哪方面的毛病？"

"可能是胃癌，还有慢性前列腺炎。"

"他最想要的东西是什么？"

"他永远无法得到的东西，一辆银色林肯轿车。"

在话语和威士忌的混合作用下，谢尔盖·切卡林鲜活了起来，仿佛和他们一起坐在桌前。一个人生的输家，被妻子抛弃、身体虚弱、孤家寡人、健康欠佳，做着不可能实现的白日梦，想拥有一辆银色林肯轿车。

聊完后，米沙问："我什么时候来拿？"

"方便的话，明天来吧。"

米沙离开之后，维克托听见车子发动声，便走到窗边往外瞧。一辆豪华的银色长型林肯轿车扬长而去。

他拿了一条刚冻上的鲽鱼给米沙，帮它把浴缸注满，接着便回到厨房桌前开始写客人订购的讣闻。隔着厨房和浴室的迷你窗，他听见哗哗的泼水声。他一边写着缅怀稿，想到他的企鹅最爱干净的冰水，忍不住露出微笑。

# 7

秋天是万物垂死、忧郁感伤、怀想过去的季节，最适合写讣闻。冬天是欢愉的季节，遍地冰霜，白雪在太阳下闪闪发亮，是活着的好时光。但在冬天来临前还有几周时间累积稿子，为来年做准备。事情很多。

不是企鹅的米沙隔天再度来访，外头正好又在下雨。他读了讣闻很开心，拿出皮夹来问："多少钱？"

维克托已经习惯领月薪了，所以只是耸耸肩。

"听着，"米沙说，"做得好拿钱是应该的。"

维克托没办法拒绝，只好点点头。

米沙想了一会儿。

"至少比最贵的妓女多一倍……五百元如何？"

虽然不太喜欢米沙的计算方式，但金额没话说，于是维克托点了点头，从米沙手中接过五张百元大钞。

"如果你不介意,我可以多介绍一些客户给你。"米沙说。

维克托求之不得。

人类米沙离开了,早晨的细雨阴霾持续着。门开了,企鹅米沙站在门口。过了一会儿,它走到维克托身旁,贴着主人的膝盖蜷着。维克托抚摸米沙,心想:乖孩子。

# 8

那天夜里，维克托睡得很浅。他听见睡不着的米沙在房里走来走去，不停推门开门，不时停下脚步重重叹息，如同为了自己和生活烦忧的老人。

隔天早上，伊戈尔·罗夫维奇打电话叫他去报社一趟。

两人一边喝着咖啡，一边讨论人物志的事。总编辑基本上很满意。

"只有一个问题，"他说，"就是我们的准亡故者都是基辅人。基辅是首都，大人物当然几乎都集中在这里，但其他城市也有它们的名士显达。"

维克托专心地听，不时点头。

"我们在各地都有记者，搜集相关资料，"总编辑继续说，"问题在于如何集中到报社来。邮件很慢，连传真也不大能信赖。所以我希望你能做点事。"

"什么事？"

"造访其中一两个城市，搜集资料。先从哈尔科夫开始，如果你不介意的话，接下来去敖德萨。当然由报社出钱……"

"乐于从命。"

天空又下起细雨。回家途中，他到咖啡馆待了一会儿，点了一杯白兰地和一大杯咖啡暖暖身子。

咖啡馆很空、很安静，气氛很适合做梦或（反过来）回忆过去。

维克托啜饮白兰地，熟悉的酒香撩拨他的鼻子，能够享受货真价实的美酒使他非常开心。

这段愉悦的咖啡馆插曲，让他徘徊在过去与未来、白兰地与咖啡之间，勾起了他的浪漫情怀。他不再觉得孤单或不悦。他是咖啡馆的贵客，来此寻求内心的温暖。才喝了一杯上好白兰地，他就已经温暖四溢，向上涌到脑袋，向下直达双腿，思绪也慢了下来。

他曾经梦想写小说，却始终不曾冲破短篇故事的门槛，只在文件夹里留下一堆未完成的手稿。然而，这些手稿注定无法完成，因为缪斯女神对他不够眷顾，怎么都不曾在他的两房公寓停留够久，让他至少写完一则短篇小说。就这样，他在文学路上一事无成。维克托的缪斯女神善变得离谱，不然就是他自己识人不明，挑到了特别不可靠的冒牌货。谁能想到他此刻不但有企鹅为伴，还不停挤出一点东西，而且薪水丰厚？

身体终于暖和后，维克托离开了咖啡馆。外头依然下着绵绵细雨，依然是阴霾潮湿的一天。

返回住处之前，他到店里买了一公斤的冷冻鲑鱼——给米沙。

# 9

出发到哈尔科夫之前还有一件事要解决，就是把米沙托给谁。米沙可能比较喜欢自己在家里待三天，这样它最开心，但维克托很不安。他没有朋友，只好考虑认识的人，但他和他们不是没什么共同点，就是不太想联络他们。他搔搔头，走到了窗边。

窗外下着细雨，一名民兵站在入口和住在这条街上的一名老妇人聊天。维克托想起民兵和企鹅的笑话，不禁露出微笑。他走到床头桌前拿起电话，查了辖区民兵的电话。

"我是菲施拜因少尉。"电话另一头传来男人利落清晰的声音。

"抱歉打扰您了，"维克托语带迟疑，不知道如何启齿，"身为您辖区的居民……我想请教您……"

"你出事了？"少尉插话。

"不是，但我说出来，您别以为我在捉弄您。是这样的，我得到外地出差三天，但找不到人照顾我的企鹅。"

"听着，我很抱歉，"少尉不慌不忙地说，"但我和家母住在宿舍里，实在没地方收留它。"

"您误会了，"维克托说，语气有一点慌了，"我只是想请问您有没有空过来帮我喂它，来个两三次……我会把钥匙给您。"

"那可以。留下你的姓名和地址，我会过去。你三点左右在家吗？"

"在。"

维克托瘫坐在扶手椅上。

就是这个扶手，一年多前，金发娇小、有着迷人翘鼻和一副老是斥责人的神情的奥莉娅经常靠在这个宽扶手上。她有时会头倚着他的肩膀睡着，沉入通常没有他在的梦境里。只有现实才有他的立足之地。但就算在现实中，他也很少觉得奥莉娅需要他。沉默又若有所思，这就是她。自从她不告而别之后，哪些地方改变了？站在他身旁的变成了米沙。米沙也很沉默，但它也若有所思吗？若有所思代表什么？或许不过就是一个描述某人模样的形容词？

维克托倾身向前，想在企鹅的小眼睛里寻找若有所思的证明，但只见到浓浓的哀伤。

两点四十五分，辖区民兵来了。进门后才脱鞋。他的长相和名字完全兜不起来。肩膀宽阔，金发蓝眼，几乎比维克托高出一个头，要是不当民兵，绝对是排球队的主力球员。

"好了，企鹅在哪？"他问。

"米沙！"维克托大喊。企鹅听到声音，便从它在深绿色长沙发后方的小窝里走了出来，上下打量民兵。

"它是米沙，"维克托开口道，接着转头对少尉说："对不起，可以请教您尊姓大名吗？"

"我叫谢尔盖。"

"真的吗？你看起来完全不像犹太人。"

"因为我不是，"民兵笑着说，"斯捷潘年科才是我的姓。"

"米沙，他是谢尔盖。我不在的时候，谢尔盖会来喂你。"

说完他就带着谢尔盖认识他的住处，并给了他备份钥匙。

"不会有事的，"民兵离开前说，"放心吧。"

# 10

哈尔科夫冷得要命，维克托一下火车就发现自己穿得不够暖和，没办法在市区里走动。

他在哈尔科夫饭店打电话给驻地记者，两人约好傍晚在歌剧院楼下的一间咖啡馆碰面。

到了傍晚，他沿着苏梅街走到歌剧院，不仅脸上沾了薄霜，插在短羊皮外套里的双手也冻麻了。

马路旁的房子都灰沉沉的，所有人都匆匆忙忙，好像生怕房子会倒塌或阳台会掉落似的——最近这两件事越来越不稀罕了。

还有五分钟才能抵达歌剧院楼下。在迷宫般错综复杂的酒吧、店家和咖啡馆之中，他得找到一家有舞台和两层座位的咖啡馆，坐在上层前排，面向舞台，对了，还要点一杯柳橙汁和一罐啤酒，啤酒不能先开。

虽然他们抓了半小时的缓冲时间，六点半到七点到都可以，但他还是想早一点抵达，因为实在太冷了。

他要点东西吃，他心想，又热又烫，肉又多的……

到了歌剧院，他看见通往地底文明世界的甬道，远离了灯光昏暗的夜晚市区，直达灯火通明的花花橱窗。

楼梯上端站了两名老妇人和一名容貌模糊的年轻醉汉，正在向人乞讨。

维克托走过几条灯光明亮的廊道，来到了咖啡馆。玻璃门内坐着一名身穿特勤民兵制服的男子正在看书。维克托走进咖啡馆，男子抬起头来。

"你要去哪里？"他问，但只有一丝丝军人的不容违抗。

"找东西吃。"

特勤民兵挥手放他通行。

维克托穿越酒吧，几名凶神恶煞的客人正在喝啤酒。秃头酒保带着不怀好意的笑容盯着他看，仿佛在说：往前走就对了，别回头！

前方的耀眼灯光让他加快脚步来到了小舞台前。舞台围了半圈桌子，分成上下两层，高度相差半米。

他到吧台点了柳橙汁和一罐啤酒。

"就这样？"身材圆胖、头发染成金色的女酒保问。

"你们有带肉的餐点吗？"

"腌鱼排、煎蛋……"女酒保漠然地说。

"那先这样吧。"他轻声回答。

维克托付了钱，到上层找了一张面向舞台的桌子坐下。他喝了一口果汁，感觉肚子更饿了。好，他暗自决定，他们等一下要去饭店用餐，那里有一家餐厅。他看了看表，六点二十分。

店里很安静，隔桌两名阿塞拜疆人默默喝着啤酒。维克托转头环顾店内，突然被一道强光照得眼前一花。等他回过神来，只见一名男子拿着相机匆匆朝走廊奔去。他转头想看是谁被偷拍了，但除了他和两名阿塞拜疆人之外，什么人也没有。

维克托喝着柳橙汁，心想那就是他们了。

时光匆匆，转眼他杯子里的柳橙汁只剩一口了。他瞄了啤酒一眼，考虑是不是另外点一罐给自己。

这时，一名身穿牛仔裤和皮衣的妙龄女子出现在他桌旁，脸上紧紧缠着围巾，只有后脑勺露出一截栗色的马尾。

她在他身旁坐下，用涂着浓浓睫毛膏的眼睛打量他。

"你在等我吗？"她微笑道。

维克托尴尬地耸耸肩。

不对，那记者是男的。这是他慌张下的第一个念头。但可能是他请她来的……

他瞥了一眼，想看她有没有带档案夹或公文包，里面可能有相关文件，但女孩只带了一个小手袋，连一罐啤酒都装不下。

"怎么样，亲爱的，还是你没时间？"她再次表明态度。

这下他明白了。

"抱歉,"维克托说,"但你搞错了。"

"我很少搞错,"女孩一边起身,一边甜甜地说,"凡事都有第一次。"

好不容易恢复一个人,维克托松了口气,又看了一眼啤酒,接着看看表。七点十五分。那人早就该来了。

但记者没有出现。七点半,维克托喝了啤酒起身离开。他在饭店用完餐,之后回房间打电话给那名记者,但只听到长长的嘟嘟声,于是他挂了电话。

房间暖暖的令人放松,昏昏欲睡。维克托的眼睛拒绝再睁开。他明天早上会再试一次。这么决定之后,他便躺在床上沉入了梦乡。

# 11

基辅又是细雨绵绵。辖区民兵谢尔盖·菲施拜因－斯捷潘年科开门走进维克托的公寓，脱了鞋，穿着绿色针织袜走到厨房，从冷冻库拿了一大片鲑鱼，用膝盖折成两半，一半放进婴儿桌上的米沙的碗里。

"米沙。"他喊了一声，然后竖耳倾听。

等不到响应，他先看了起居室，然后卧室，只见米沙站在长沙发和墙壁之间，不知道是睡着了还是在难过。

"出来呀，"他哄着米沙，"快点！"

米沙瞪着他。

"出来嘛，"他恳求道，"主人很快就回来了。你一定很想他，但是先出来吃东西吧。"

企鹅拖着脚步，缓慢专注地跟着谢尔盖来到厨房。谢尔盖看见它走到碗边开始吃东西，便心满意足回到走廊，穿上靴子和大衣，迎向基辅的细雨。

　　他看着低沉阴霾的天空，心想老天爷今天真是安静。

# 12

隔天早上，维克托被几声枪响吵醒。他打个呵欠，下床看了看表。八点。他走到窗边，看见楼下停了一辆军用吉普车和一辆救护车。

他抬头发现天空湛蓝，浅黄色的太阳出现在斯大林式巴洛克建筑后方，看样子会是晴天。

他坐在电话桌旁打给那名记者。

"有何贵干？"一名女子问道。

"请问尼古拉·亚历山德罗维奇在吗？"

"请问你是哪里？"

他感觉女子的声音有些紧张。"这里是他的报社……《首都新闻报》……"

"你是哪位？"

这不对。维克托颤抖着手挂上电话。

咖啡，不喝咖啡不行，维克托心想。他换好衣服，用冷水泼了几次脸，接着便下楼到酒吧点了一大杯咖啡。

"您先坐，我待会儿端过去。"酒保说。

维克托走到角落，在玻璃桌旁一张宽大的天鹅绒躺椅上坐了下来。他伸手去拿烟灰缸。这东西很重，也是压铸玻璃做的。他拿着烟灰缸若有所思地翻看着。酒吧很安静，酒保端咖啡来了。

"还需要什么吗？"

维克托摇摇头，接着盯着酒保问："早上的枪声是怎么回事？"

酒保耸耸肩。

"某个专拉外国人的妓女被杀了……肯定是惹到谁了。"

咖啡虽然很苦，但一下就让人恢复了活力。他手指不再颤抖，脑袋也不再胀得发痛。重拾镇定之后，维克托开始思考。

这又不是世界末日，他发现自己心里这么想着，同时生起一股确信，赶走了所有疑虑。这就是人生。和往常一样，只要打电话给总编辑，问他接下来该怎么做就好。

喝完咖啡结了账之后，他回房打电话到基辅。

"你的回程车票是今天，"总编辑平静地说，"所以你就回来吧，回基辅继续你的工作，其他省份可以再等等。"

搭上夜车后，维克托翻开他在车站买的哈尔科夫晚报。翻着翻着，他翻到"刑案回顾"版，小小的铅字记录了最近发生的刑案，其中"谋杀"项目有一条新闻这么写着：

《首都新闻报》记者尼古拉·阿格尼夫采夫昨日下午于住处遭枪杀身亡，凶手不明。

维克托一阵恶心，将报纸放在膝上。火车突然一震，报纸就这么滑到了地上。

# 13

隔天早上，维克托上楼返回住处时，遇到了辖区民兵。

"早安啊！"谢尔盖·菲施拜因–斯捷潘年科开心地说。
"不过你脸色看起来有一点苍白。"

"它还好吗？"维克托焦急地问。

"好得很！"民兵笑着说。"想念主人是当然的。你冰
箱里的鱼没有了。"

"真是太感谢了，"维克托想挤出感谢的笑，却变成病
恹恹的臭脸，"我欠你一次，我们找一天喝一杯如何？"

"恭敬不如从命，"民兵说，"你有我的电话号码，想到
就打给我。下次如果还有需要，随时来找我！我很喜欢动物。
我是说真的动物，不是我每天遇到的那些禽兽……"

米沙来到走廊，见到维克托回来了非常开心，伸翅将
灯打开。

"嗨，老家伙。"维克托蹲下来看着米沙说。

米沙似乎在笑。

它摇摇晃晃朝主人靠近一步，眼里闪着快乐的神采。

这世上至少还有一个人开心见到我，维克托心想。

他站起来脱下夹克，走到起居室，米沙啪哒啪哒跟在后头。

# *14*

隔天早上，维克托头痛难当，躺在床上不想起来。

时钟指着九点半。

维克托勉强翻过身子，发现米沙就站在床边。

"天哪！"他嘴里念念有词，双腿一挪下了床。"我昨天喂完它之后就没再喂了！"

虽然他头痛欲裂，太阳穴嗡嗡作响，但还是盥洗完毕换了衣服。

冷冽的空气让他振作了一点。寒冬似乎跟着他从哈尔科夫来基辅了。

我得打电话给总编辑，他边走边想，跟他说我不舒服……然后去拿报纸，或许做一点工作。

他在食品店的海鲜柜台买了两公斤冷冻鲽鱼，犹豫片刻后又买了一公斤活鱼。

回到住处，他放了一缸冷水，将三条白鲑放进浴缸里，然后喊了米沙。但米沙只看了浴缸里游动的白鲑一眼，就转身啪哒啪哒回房去了。维克托耸了耸肩，有点不知所措。

门铃响了。

他从门孔看见人类米沙站在外头，便开门让他进来。

"嗨，"米沙说，"我找了两份差事给你。你还好吗？"

维克托有气无力地比划了一下。

两人走到厨房，企鹅也啪哒啪哒朝那里走。

"嗨，同名同姓的！"访客米沙咧嘴微笑，接着看着维克托说："你怎么一脸晦气？是精神不好还是怎么了？"

"是啊，一切都……"

维克托很想呻吟，但心里有个声音说他不该这么做。

"我这样一直写一直写，却没有人读到我写的东西，"他说，语气里祈求同情的成分多于愤怒，"到现在两百页了，全是白写的。"

"什么叫白写的？"人类米沙插话说。"你和苏联时代那些人一样都是'为了抽屉'而写的。不同的是你的东西迟早会发表……这我敢保证。"

维克托面如冰霜，没有笑容，只是点了点头。

"你觉得你写得最好的是谁？"人类米沙讨好地问。

"亚可尼茨基。"维克托说，脑中浮现他们俩坐在桌前伴着芬兰伏特加的冗长对话。

"你说前作家兼议会副主席？"

"就是他。"

"很好，"米沙说，"那这些你应该会感兴趣，拿去瞧瞧吧。"

维克托匆匆翻了几页，全是他没听过的名字、生平事迹和日期，他现在一点也不想碰。他点头表示感谢，接着就将资料放到一边了。

人类米沙递了一张名片给他，说："准备好就打电话给我。"

# 15

基辅下起了初雪。维克托在家里喝着咖啡，一边翻阅人类米沙两天前拿给他的资料：税务局副局长和《喀尔巴阡报》女经理的档案。这两人的生平足够精彩，可以写出很棒的缅怀文。有这种角色，这种一流的反英雄，要写一本惊悚小说简直易如反掌，只是写小说需要大量的自由时间，维克托没有。的确，他现在只有钱、企鹅米沙和浴缸里的三条白鲢。但对他来说，这些东西只是他写不出小说的补偿吗？

想到白鲢，他立刻起身拿了一块面包到浴室喂鱼。

他刚把面包揉碎，就听见背后传来呼吸声。他回头一看，只见米沙哀伤地望着浴缸里的鱼。

"你不喜欢淡水鱼，是吧？"他说。"那还用说？"他自问自答。"我们可是住在南极的海洋生物呢……"

他走到电话旁打给民兵，邀他过来吃煎鱼晚餐。

雪还在下。

他将打字机放在餐桌上，开始一字一字为准死者描绘他们的生命图像。

文章进展缓慢，但很扎实，每个字都和埃及金字塔的地基一样稳固。

虽然难以接受，但死者还是慢慢习惯了弟弟遇害的事实。他弟弟偶然成为某家尚未民营化的洗衣机工厂的股东，但他为了悼念弟弟所立的纪念碑却俨然成为墓园的景点。死亡是难免的，但至亲之人离开世间却让人必须好好活下去……世上一切都因血脉而相连。万物一体，就算一部分离开世间，依然会留下生命，因为活着的人永远比死去的人多……

辖区民兵菲施拜因−斯捷潘年科来吃饭了。他穿着牛仔裤、法兰绒条纹衫和黑色套头毛衣，手里拿着白兰地和一袋冷冻鱼，是要给企鹅的。

晚饭还没好，两人开始煎浴缸里的那三条鱼，米沙则在浴室里泡冰水澡，玩得哗啦作响，隔着滋滋的煎鱼声都听得见。维克托和谢尔盖相视微笑。

之后，晚餐终于就绪了。

主客两人先喝了一杯白兰地才开始吃鱼。

"刺很多。"维克托说，好像想为鱼道歉似的。

"别担心，"民兵摇头说，"凡事都有代价……鱼刺越多，肉越美味。我吃过一次鲸鱼，尝起来当然是鱼肉。没有鱼刺，但也没味道……"

他们吃鱼配酒，看着别人家的微弱灯光照亮了缓缓飘落的雪花，让他们的晚餐有一种年夜饭的感觉。

几杯黄汤下肚后，两人的距离又拉近了一些。于是谢尔盖问："你为什么一个人住？"

维克托耸耸肩说："自然而然就变成这样了。我对女人没辙，她们就像另一个世界的人，安静、怯懦、来去匆匆……让人挫折。领养米沙之后，情况不知为什么就好多了，只不过它总是一副忧郁的样子……或许养狗比较好……狗的情绪比较明显，看到你会汪汪叫，会舔你和摇尾巴……"

"是吗？"谢尔盖不以为然地挥手说。"每天要遛两次……房间都会被它弄得臭烘烘的……养企鹅比较好。不过话说回来，你是做什么的？"

"我写东西。"

"给小孩读的？"

"你怎么会这么说？"维克托一脸惊讶。"不是，我帮报纸写东西。"

"喔，"谢尔盖摇头说，"我不喜欢报纸，读了就有气。"

"我也不喜欢报纸——不过，恕我好奇，菲施拜因这个名字是怎么来的？"

谢尔盖长叹一声。

"因为无聊，还有我姑姑在档案部。那阵子我很想变成犹太人，摆脱这个地方和所有事情，于是就照姑姑说的申报身份证遗失，让她用新的名字帮我重办了一张身份证。但我后来发现移民生活一点也不值得羡慕，就想留下来。为了自保，我加入了民兵。基本上，这是份安全的工作，处理家庭纷争和各式各样愚蠢的申诉，但当然和我想的不一样就是了。"

"怎么说？"

这时，门开了，企鹅米沙湿答答的站在门口。它停了一会儿，接着便经过餐桌走到自己的碗前，一脸疑惑地望着主人。碗是空的。

维克托走到冰箱，从里头掰了三条冷冻鲽鱼，切块之后放到米沙的碗里。

米沙将头贴着冷冻鱼块。

"它在帮鱼块解冻！"谢尔盖大喊，看得兴味盎然。"真的！"

维克托回到座位上，也看着米沙。

"欸，就是这回事，"谢尔盖拿起酒杯说，"人人都该吃好鱼，但有什么也别挑剔……所以，敬友谊！"

两人碰杯致意，仰头将酒喝了。维克托突然觉得如释重负，过去对自己和别人的不满完全抛到了脑后，还有那些缅怀文。他感觉自己好像从来不曾工作过，只是生活着，构思他有一天会写的小说。他看着谢尔盖，忍不住露出了微笑。友谊。这是他不曾有过的东西，就像三件式西装和真正的热情。他的生活一直是苍白虚弱、毫无乐趣。连米沙也闷闷不乐，仿佛它也只有苍白的生命，没有色彩、情绪、喜悦和灵魂的欢欣。

"这样吧，我们再干一杯，"谢尔盖突然提议，"然后去散步，我们三个一起出门。"

夜已深了，街上安安静静，孩子们早就上床歇息，街灯也灭了，只剩下零星的灯光和微明的窗户照亮了刚落下的新雪。

他们三个缓缓走向弃土场，那里有三个鸽棚。三人踩着积雪窸窸窣窣，脸颊因冷空气而刺痛着。

"你看！"谢尔盖大喊，随即大步走向衣衫褴褛、躺在鸽棚下方雪地上的那个人影。"是你的邻居波利卡尔波夫，住在三十号房。我们得赶快把他带到最近的房子，让他在电暖器前面待着，不然一定会冻死。"

两人抓着波利卡尔波夫的外套领子，将醉醺醺的他从雪地里拖进最近的一栋五楼公寓里。米沙摇摇摆摆跟在后头。

他们从公寓出来时，发现米沙和一只大土狗鼻子贴鼻子站着，显然在闻对方的味道。狗一看见他们，立刻拔腿就跑。

# 16

隔天早上，维克托被电话铃声吵醒了。

他半梦半醒，声音沙哑地说了声："喂？"

"恭喜你，维克托·阿列克谢耶维奇！真有你的！我是不是把你吵醒了？"

"我本来也该起床了。"维克托说。他听出是总编辑。"出了什么事？"

"你的文章见报了！对了，你感觉怎么样？"

"已经好多了。"

"那就来找我吧，我们聊聊。"

维克托刷牙洗脸，喝茶吃早餐，然后去看了米沙，发现米沙站在深绿色长沙发后面它最爱的角落里熟睡着。

维克托回到厨房，拿了一大块冷冻鳕鱼摆在米沙的碗里，接着回房换好衣服就出门了。

外面又积了新雪。灰蓝色的天空又低又沉，几乎压到了五楼公寓的屋顶。不过没有风，也不是很冷。

上公交车前，他买了刚出来的《首都新闻报》，在车上找了一个舒服的位置坐下，翻开报纸开始浏览头条新闻，最后终于在头版顶端看见一个用粗黑线框起来的方块专栏。

作家兼国家议会副主席亚历山大·亚可尼茨基离我们而去了。议会厅第三排的那张皮椅空了出来，不久就会有人补上，但亚历山大·亚可尼茨基的许多知交旧识的心将被掏空一块，留下深深的失落……

出现了，他出版的第一篇作品。

但他没有特别开心，只有早就遗忘的满足感在心底深处微微翻搅着。他将讣闻读完，每个字都在，没有删改。

他的目光落在署名上，一群老友。感觉更像句子，而不是化名。"一群"可以是任何数目。有趣的是他打的就是这四个字，分毫不差。编辑连这部分都一字不改，仿佛认为维克托不是记者，而是作家。

维克托放下报纸，望着逐渐接近的城市景色。

"你看，是小鸟！"一名母亲带着孩子坐在维克托前面伸着手指说。他下意识跟着望过去，只见一只麻雀扑翅飞进了巴士。

# 17

　　总编辑热情招呼维克托，好像一年没见似的，并且立刻奉上咖啡、白兰地和装在优雅长信封里的一百元。还真是盛大庆祝。

　　"嘿，"伊戈尔·罗夫维奇倒了白兰地，举起酒杯说，"终于开始了，让我们期望接下来的缅怀文不用等太久。"

　　"他是怎么过世的？"维克托问。

　　"从六楼窗户跌下来摔死的——显然为了擦窗户，但不是他家的窗子，而且是晚上。"

　　两人碰杯喝酒。

　　"你知道吗？"总编辑进一步说。"其他报社有好几名同业打电话给我。那些寄生虫嫉妒得脸都绿了！说我开创了全新的讣闻风格。"他洋洋自得地笑了。"当然，功劳都是你的，可是你隐姓埋名，所以赞美都落到我头上了。但责备也不例外，好吗？"

维克托点点头。不过，没能成为镁光灯的焦点还是让他有一些心痛。名气就是名气，就算只是记者也一样。总编辑从维克托的脸上读出了这一点。

"别在意，大家迟早会知道你的——只要你想的话……但目前最好还是先别让其他人知道一群老友是谁。你很快就会明白为什么了。顺带提一件事，别忘了费奥多尔给你的档案里，所有画线的部分都要写进去。我没有改你的用字遣词和铺陈，对吧？老实讲，你有些地方写的对死者不是很尊敬，但我还是没动。"

维克托点点头，喝了一口咖啡。那苦味忽然让他想起哈尔科夫旅馆的酒吧和早上被枪声吵醒的往事。

"哈尔科夫到底发生了什么？"他问。

总编辑叹了口气，倒了一杯白兰地，用最好别再问的表情看着维克托。


英勇的青年红军垂下头去，


他低声哼唱：


子弹残酷射穿了他的心脏……


"作为报社，我们也会损兵折将。他是我们失去的第七位弟兄，不久我们就得兴建忠烈祠了……不过，干杯吧！知道得越少，活得越久！"总编辑说。接着他语气一变，用有些疲惫的口吻瞪着维克托说："这不再和你有关，你只是比别人多知道一点……好吗……"

维克托很后悔自己多管闲事，两人刚才的亲昵气氛已经烟消云散了。

# 18

十一月底，时节从深秋进入了寒冬。孩子们在街上扔雪球，刺骨的冷冽从大衣领口钻入体内，车辆行驶缓慢，仿佛怕着彼此，道路也变窄许多，寒冷削弱、缩短、凋萎了万物，但多亏了庭院和道路清洁工的努力和大铲子，只有路旁的积雪越堆越高。

维克托完成人类米沙交代给他的第二批缅怀文后，抬头望向窗外。今天他不想出门，也不需要出门。为了打破沉寂，他打开冰箱上的收音机，国会殿堂里的恣意喧嚣（外加嘘声）倾泻而出。他调低音量，煮水准备泡茶，同时瞄了一眼手表：五点半。现在睡觉还太早。

他打电话给人类米沙。

"都写好了，"他告诉米沙，"过来拿吧。"

米沙来了，但不是单独来，他还带了一个小女孩。女孩睁着圆圆的眼，好奇地望着他。

"这是我女儿，"米沙说，"我找不到人照顾她……告诉维克托叔叔你叫什么名字。"他蹲下来开始解开女儿红毛大衣的扣子。

"我叫索尼娅，"女孩抬头望着他说，"我今年四岁了——你家里真的有一只企鹅吗？"

"你瞧，她来这里还不到一分钟呢……"他帮她脱下大衣，还有小靴子。

三人一起走到起居室。

"企鹅在哪里？"女孩左右张望，一边问道。

"我去瞧瞧。"维克托说，但他先去厨房将两份缅怀文拿给人类米沙。

"米沙。"他喊道，同时朝深绿色长沙发后方瞄了一眼。

米沙站在比一般地毯厚三倍的驼毛毯上望着墙壁。

"你还好吗？"维克托蹲在它身旁问。

米沙睁大眼睛望着前方。

维克托心想企鹅是不是生病了。

"企鹅怎么了？"索尼娅钻到他们身旁问。

"米沙！我们有客人来了！"

索尼娅靠上去摸了摸企鹅。

"你身体不舒服吗？"她问。

米沙猛然转头望着她。

维克托留下企鹅和女孩，回到了起居室。人类米沙坐在扶手椅上，即将读完第二份缅怀文。从他脸上的表情看来，他似乎很满意。

"写得真好！"他说。"感人极了。他们都是大人渣，明显得很，但读完后谁都会为他们一掬同情之泪……有茶吗？"

两人走到厨房，一边等水煮沸，一边坐在桌前讨论天气和其他琐事。茶泡好、倒好之后，人类米沙拿了一个信封给维克托。

"你的酬金，"他说，"接下来还有一名客户——喔，你还记得你帮谢尔盖·切卡林写的东西吗？"

维克托点点头。

"他康复了……我把你的成果寄给他，我想他很喜欢……总之，他读完了很感动。"

"爸爸、爸爸，"浴室传来小女孩的声音，"它饿了！"

"所以它能说话，是吧？"人类米沙咧嘴笑着说。

维克托从冷冻库里拿了鳕鱼放到碗里。

"索尼娅，跟它说食物上桌了。"他喊道。

"你听到了吗？"他们几乎听不见她的声音。"你得到厨房去。"

企鹅先出现，后面是索尼娅。她跟着企鹅走到碗边，兴味盎然看它吃饭。

"它为什么一个人？"小女孩突然抬头问。

"喔，我也不知道，"维克托说，"其实它不是一个人，我们住在一起。"

"像我和爸爸一样。"索尼娅说。

"真是话匣子！"人类米沙叹息一声，喝了口茶，望着女儿说："走吧，我们该回家了。"

小女孩难过极了，转身离开厨房。

"看来非弄只小猫或小狗不可了。"人类米沙望着女儿的背影说。

"下次再带她来玩吧。"维克托提议。

窗外是墨黑的冬日傍晚，收音机小声播放车臣事件，几乎听不清楚。维克托坐在餐桌前对着打字机，感觉到一丝寂寞。他很想写一则短篇故事给索尼娅，或是童话，但他脑中只有一段哀伤而深情的文字，一则等着完成的缅怀文。

"我生病了吗？"他望着插在打字机上的白纸，心想："不行，我一定、一定要写短篇小说，至少偶尔写一篇，否则我绝对会疯掉。"

他想起索尼娅长满雀斑、逗趣的小小脸庞和橡皮筋扎着的红色马尾。

现在这时候，做个孩子是很怪的一件事。这是个奇怪的国家、奇怪的生命，他完全不想费心去搞懂。忍受下去，如此而已，他只想忍受下去。

# 19

几天后，总编辑来电警告他小心点，暂时不要到报社，没有必要也别出门。

维克托一头雾水，电话挂了一分钟，他才将话筒拿开。总编辑那镇定自信又专业的声音依然在他耳边回荡。出了什么事？维克托心想。他耸耸肩，实在无法将这通电话当真。但他早上就这么平白无故多了百无聊赖的两小时。他晃晃悠悠刮了胡子，还没来由地烫了一件衬衫。那件衬衫他今天根本不打算穿。

快中午时，他溜出门买了报纸，再到食物店买了鱼给自己和米沙，外加一公斤香蕉。

回到住处，他先翻了翻报纸，但找不到总编辑来电的理由。不过他倒是发现了几个新名字，便照常拿了笔记本抄下来，但不是为了现在，而是以后。他感觉自己处在彻底耗弱的状态，便从餐桌上的购物袋里拔了一根香蕉出来。

厨房的门嘎吱一声开了。企鹅米沙走到主人面前，用恳求的眼神望着他。

维克托将手上的香蕉递给它。

米沙弯身咬了一口。

"你以为自己是猴子吧？"维克托喊道。"但你最好当心点！要是你中毒了，我们该去哪里找医师？我们连看人的医生都不够了，我最好还是拿鱼给你。"

厨房安静沉寂，只有米沙啃着鳕鱼的唰唰声和维克托沉思的呼吸。最后他叹了口气，起身打开收音机，结果是军事警报。一定是广播剧。但不是，是《战地现场》报道，地点在红军路和萨克萨甘斯基路口，差不多就在市中心。维克托调高音量。记者激动地表示路上到处是血，三辆救护车拖延了三十分钟才来，共有七死五伤。初步调查显示死者包括体育部副部长兼副议长斯托亚诺夫。维克托下意识翻开笔记本搜寻，刚过世的斯托亚诺夫果然在里面。他满意地点点头，翻开笔记本继续往下听。但记者又再重复刚才说过的事，显然他只知道这些。他说他半小时后会再提供更多细节，接着便由一个语气愉悦的女人接手，开始预报周末气象。

明天是周六了，维克托心想，接着转头望着米沙。

由于在家工作，他已经分不清工作日和休息日了。他想工作就做，不想工作就不做，但通常都想做。只是他现在没东西可写。至于写小说，无论短篇甚至长篇，他都没有头绪。他感觉自己已经找到了命定的文类，并完全受制于它，就算不是写缅怀文，心里也想着缅怀文，脑中尽是优雅的愁绪，只要加上玄思妙想就能谱成一篇缅怀文，有时他还真的写了。

他打电话给辖区民兵。

"我是菲施拜因少尉。"电话那头传来熟悉的清脆嗓音。

"嗨，谢尔盖，我是维克托。"

"维克托？"

"米沙的主人。"

"你怎么不早说？最近怎么样？它还好吗？"对方愉快地问。

"它很好。你明天休假吗？"

"对。"

"我有一个好点子，不晓得你想不想参加，"维克托期待地说，"我们只需要一辆车，军用吉普车就可以……"

"只要不干什么违规事，当然没问题……"谢尔盖笑着说，"但何必要借军用吉普车呢？我自己就有一辆扎波罗热人。"

# 20

冰冻刺骨的周六早上，一辆红色的扎波罗热人小车停在修道院公园附近的第聂伯河岸边，维克托、谢尔盖和企鹅米沙踏出车外。谢尔盖从后车厢拿出一个塞得鼓鼓的帆布背包扛在肩上，三人沿着石阶往下走到了结冰的河上。

第聂伯河覆着一层厚厚的冰，冬天的钓客基于礼貌坐得很开，有如一只只臃肿的牛，动也不动守着自己的钓鱼洞。

维克托、谢尔盖和米沙避开他们，直直走到河中央。

他们每经过一个没人的钓鱼洞就停下脚步，但洞不是太小就是冻住了。

"我们试试河湾那边吧，"谢尔盖说，"就是冬泳爱好者会去的地方。"

他们朝狭窄的岬角走，穿越突出的沙洲尾端。

"你们看，就是那里！"谢尔盖指着前方说。"看见那片蓝色没有？"

他们走到那个洞旁。洞非常大，边缘有许多赤足留下的脚印。米沙不等维克托同意就纵身滑进河里，几乎没溅起水花。

维克托和谢尔盖望着溅起的水和冰，几乎不敢呼吸。

"它们在水底下看得见吗？"谢尔盖问。

"应该吧，"维克托说，"如果底下有东西的话。"

谢尔盖放下背包，从里头捞出一条旧被子，铺在离洞一两米的地方。

"过来坐着吧，"他喊道，"每个人都有自己找乐子的方法。"

维克托过去坐下了。谢尔盖又拿出一个保温瓶和两只塑料杯。

"我们先喝咖啡。"

咖啡很甜，冷天喝起来很舒服。

"我完全没想到要带东西，"维克托握着杯子暖暖手，一边难过地坦承道。

"没关系，还有下次。要来点白兰地吗？"

谢尔盖两杯各倒了一点，随即将扁瓶子收进夹克口袋里。

"敬一切美好的事物。"他举杯道。

两人将酒喝了，身心整个暖和了起来。

"它不会溺水吧？"谢尔盖望着钓鱼洞问道。

"应该不会，"维克托耸耸肩，"但我对企鹅真的一无所知。我找过关于企鹅的书，但一本也没有。"

"我要是看到就拿给你。"谢尔盖向他保证。

维克托焦虑地左顾右盼。离他们最近的冰洞和钓客也有三十米远。那人坐在钓鱼箱上，不时拿起一公升大小的水瓶放到嘴边。

"我想去溜达。"维克托望着那名钓客说。

"最好不要。我们再坐一会儿，喝点白兰地吧。它会回来的。它不可能淹死，绝对不会！"

这时，钓鱼洞突然传来咕噜声。维克托立刻往那边看，可是只有水和碎冰前后翻腾。

谢尔盖举起酒杯。"来吧，让我们敬它一杯。人喜欢热闹，企鹅不是——我们应该珍惜这一点！"

两人喝到一半，一声哀号划破了冰寒的寂静。维克托和谢尔盖立刻转头，只见五十米外的一名钓客往后跳开，双手指着他的冰洞。两名钓客放下手中钓竿跑了过去。

"出了什么事？"谢尔盖自言自语。

维克托无视于五十米外的骚动，一边喝着白兰地，一边想着人每天都会遇到新的事情，永远出乎我们意料。迟早会遇到麻烦，甚至死亡。

"快看！"谢尔盖拍了他肩膀一下，高声大喊。

维克托回过神来。他先看了谢尔盖一眼，接着顺着对方的目光望去，发现米沙正从沙洲那边走来。

"它是从哪里冒出来的？"谢尔盖兴味盎然地问。

米沙走到被子旁停了下来。

"也许它想来口白兰地。"谢尔盖嘲弄道。

"上来吧，米沙。"维克托拍拍被子说。

米沙笨拙地踏上被子，看了看维克托，又看了看谢尔盖。

谢尔盖再次伸手到背包里，拿了一条浴巾出来裹住它。

"免得它着凉。"他解释道。

米沙裹着浴巾站了五分钟左右，接着将它甩掉。

维克托听见背后有脚步声，便转过头去。

是离他们最近的那个冰洞的主人。

"鱼上钩了？"谢尔盖问。

"听着，"他过了一会儿才说，"这只是真的企鹅，还是我眼花了？"

"你眼花了。"谢尔盖斩钉截铁地说。

"天哪！"他惊诧地低呼一声。

说完他难看地挥了挥双臂，接着便转身回自己的钓鱼洞去了。

两人望着那人离去，谢尔盖期望地说："希望这下他会少喝一点。"

"你又不是在值勤，"维克托斥责道，"为什么要吓醉鬼，把他们吓得半死？"

"这是职业病，"谢尔盖笑着说，"想吃点东西吗？还是再喝一杯？"

米沙突然开始不耐烦，拼命拍动翅膀。

"它是不是尿急了？"谢尔盖拧开白兰地笑着说。

米沙弃被从冰，滑稽地摇晃身子往前跑，接着再次潜
入冰洞中。

# 21

周日深夜，维克托被一阵连续不断的电话铃声吵醒。
虽然醒了，可是他不想下床，便躺着等来电的人失去耐心。
但对方非常有毅力，最后连企鹅都醒了，开始嘎嘎叫。

维克托下床，摇摇晃晃走到电话旁。

不晓得是哪个傻子在开玩笑，维克托一边想一边拿起
话筒。

"维克托？"是总编辑，而且语气很不耐烦。"抱歉吵
醒你，但有一件很紧急的工作！你在听吗？"

"有。"

"我已经派人送一个信封过去了。他会在车里等你把缅
怀文写完，是明天早报要用的。"

维克托瞄了床头桌上的时钟一眼。半夜一点半。

"好的。"

他穿上深蓝色浴巾睡袍，用冷水洗了脸，走进厨房将茶壶放在炉子上，打字机摆上餐桌，坐下来倾听寂静的夜。他望着对面的公寓，整栋楼只剩下两扇窗户亮着。

其他人失眠不是他的问题。他已经清醒了，只不过头很沉。他将纸送进打字机卷好，继续聆听寂静的夜。

一辆车停在公寓外头，接着是关门声。

他耐心等着门铃响起，不久果然听到声音，但不是门铃，而是谨慎的敲门声。

门外一名年约五十、睡眼惺忪的男子睁着布满血丝的眼睛，递给他一个大牛皮纸袋。

"我会在车里，要是我睡着了就敲车门。"他没有进来，说完就下楼了。

维克托坐在打字机前，从纸袋里抽出一张纸和一份剧场节目表。


尤利娅·安德烈耶夫娜·帕尔霍缅科，一九五五年出生，一九八八年起担任国家剧院歌者，已婚，育有二子。


他读到。


一九九一年，接受乳房切除术。一九九三年，因国家剧院女伶伊琳娜·费奥多罗芙娜·萨努申柯失踪案出庭作证，两人之前常有龃龉。一九九五年，退出原定的意大利巡回演出，差点让演出开天窗。

接下来是手写的补充：

　　深受尼古拉·亚历山德罗维奇·亚可尼茨基之死打击。亚可尼茨基为作家和国家议会副主席，一九九四年她到马林斯基王宫参加乌克兰独立纪念日的私人庆典之后，两人便成为最亲密的朋友。

　　这部分用红铅笔画了线，立刻让他想到上次和伊戈尔·罗夫维奇的谈话内容。

　　他重读了几次，没什么好写的，但他的思绪已经充满了必要的感性。

　　他翻到剧场节目表的第二页，看见女歌者的一张彩色照，身材玲珑有致，双颊绯红，显然抹了腮红，杏眼娇柔，栗色秀发有如瀑布披垂肩后，一袭戏服充分展现了她的婀娜身段。

　　他的目光移回打字机上的空白稿纸。

　　对阿拉伯人来说，白是哀悼的颜色。他一边想着，一边将手放在按键上。

　　在这世上，凡拥有生命就拥有声音。声音是生命的表现，它可能增强、中断或消失，也可能变得几不可闻。众声喧嚣，个人的声音不容易听见，但当它突然沉寂，声音和生命的有限就会显露出来。某个我们不再听见的声音曾经为许多生命所钟爱……就这么消失了，发生得过早而突然。世界于是变得更为沉寂，即使依然达不到静定爱好者所追求的境界。如今，这陨落的沉寂有如宇宙中的黑洞，突显了声音的有限与失落的无穷。过去的失落，未来的失落……

维克托起身泡茶，倒了一大杯回到桌前坐下。

尤利娅·帕尔霍缅科的声音如今沉寂了。然而只要马林斯基王宫的城墙依然矗立，国家剧院的辉煌依然闪耀在纯金圆顶上，她就会像一道金烟融化在我们呼吸的空气之中，而她的声音则会遗留世间，成为寂静里的金光。

维克托停下来，心想"金"好像用太多了。虽然不知读了多少回，他还是再次拿起材料，将画线的部分细读一遍。他要怎么将亚可尼茨基放进来？爱情吗？爱情……

他一边喝茶一边思考。他读了刚才写的部分，之后又接下去：

不久前，她才为了失去一个她挚爱的声音而哀伤。那声音戛然而止，无论曾经负隅顽抗或毫不反击，都有如失足之人被死神的万有引力带往万丈深渊，走完人生的旅程。

维克托再次中断，仔细阅读剧场节目表，嘴角露出一丝微笑。

就在最近，她才预演了自己的悲剧结局。在普契尼歌剧中饰演托斯卡的她，最后从城垛一跃而下。她如何殒命并不重要。就算顺序不同，我们这些听过她生命之歌的人仍然面临难题，不知该如何习惯这新来的沉寂，从中寻找她曾经存在于世上的吉光片羽。因此，且让我们静默不语，好辨识她的声音，在回忆之中辨识、回想和珍惜，直到我们的声音同沉寂与永恒融合在一起……

维克托挺直腰杆不停喘息，仿佛才刚跑完了一百米冲刺，而不是坐在打字机前敲打键盘。他按摩太阳穴，好舒缓夜间紧急任务所带来的紧张。不过，他还是顺利达成了。

他拿起刚完成的手稿读了一遍，突然很同情这位他不知为何过世（或者说遇见死亡）的女伶。

他看了看窗外，那辆车还在楼下等着。

他起身转头，赫然发现米沙站在厨房门口动也不动，若有所思地望着他，小小的眼睛燃烧着生命力，但高深莫测，只是漠然观察着主人，没有任何原因。

　　维克托深吸一口气，手里抓着稿子从企鹅和门间的缝隙挤了出去，在睡袍外披了一件羊皮外套，接着便从走道朝楼梯间走去。

　　信差头靠着方向盘睡着了。维克托拍了拍车窗，信差揉揉眼睛，不发一语打开车门，从维克托手中接过稿子，随即发动引擎离开。

　　维克托回到住处，夜晚已经曲终人散，但他毫无睡意，整个人精力充沛。

　　他在医药柜里找到几颗安眠药，和着热水壶里依然温热的水吞了两颗，然后回卧房。

# 22

　　隔天早上十点，总编辑又打电话来。他很满意那篇缅怀文，同时再次为了打扰维克托的睡眠向他道歉。他说维克托再过两天就能到报社来，重点是记得携带记者证，因为门口和每一层楼都有特勤民兵站岗。

　　户外依然霜冻刺骨，安静异常。

　　维克托站在炉子上的土耳其咖啡壶前，心想该如何打发这一天。考虑到他昨晚才加班，休假是个不错的选择，但休假比工作日更需要找事情做，于是他决定喝完咖啡先到书报摊买报纸，然后再想接下来要做什么。

　　他一边看报一边喝着第二杯咖啡。他先读了自己的作品，在最后一版，不过有五十万份。一字不漏，总编辑完全没有删改。缅怀文付梓的时候，他应该睡得正甜。他翻回头版，看见头条标题占了整版，而且很长：战争尚未终

65

止，但停火在即。回顾格罗兹尼袭击的照片打乱了整齐划一的铅字大军，不过他还是努力往下读，而且越读越入迷。没想到他在基辅安稳度日时，有两帮黑道几乎陷入火并。报道宣称至少有十七人死亡、九人受伤，还发生五起爆炸。罹难者包括总编辑的司机、三名民兵、一名阿拉伯商人、几名身份尚待确认的人士，还有一名国家剧院歌者。

维克托发现其他报纸报道火并的篇幅比《首都新闻报》少了许多，对歌者的死倒是多着墨了些。她的尸体清晨在缆车站被人发现，死因是被皮带勒毙，她的建筑师丈夫下落不明，家中也很杂乱，显然被人翻找过。

维克托陷入沉思。女伶的死乍看和帮派交火无关，基本上是无妄之灾。失踪的丈夫可能涉嫌，他也是，因为他曾在亚可尼茨基的讣闻里提到她。想到这一点就让他胆战心惊。当然，他没有指名道姓，但对许多人来说，没说不代表没有暗示，而对丈夫来说，这或许是最后一根稻草……

他叹了口气，突然对自己的揣想觉得厌烦至极。

"真可笑！"他低声说。"哪个丈夫会搜掠自己家？"

# 23

没想到这一天竟然挺有生产力的，三篇缅怀文已经写好摆在桌上。窗外光线渐渐变弱，冬日黄昏悄悄到来，刚泡的红茶冒着热气。

维克托翻阅着自己的最新成果。虽然短了点，但那是因为他已经一阵子没有进报社，没办法从费奥多尔那里拿到名人的额外信息。不过，这不成问题。付梓前他还能继续写、继续修改。

他喝了茶，关掉厨房的灯，正准备上床睡觉时，突然听见有人敲门。

维克托吓了一跳，站在走廊竖耳倾听。接着他脱掉拖鞋，赤脚走到门边从门孔往外看。是人类米沙。维克托开门让他进来。

米沙抱着索尼娅，小女孩已经睡了。他默默走进屋里，只向维克托点头致意。

"我可以把她安置在哪里？"

"那里。"维克托指着起居室的门悄声说。

米沙将索尼娅放在长沙发上，接着蹑手蹑脚走回走廊。

"我们到厨房去吧。"他提议道。

厨房的灯又亮了。

"拿壶子烧水吧。"

"水才刚烧好。"

"我会待到早上，"米沙淡淡地说，"索尼娅可以在这里住几天吗……等事情稳定下来。"

"什么事情？"维克托问。

但他没有得到回答。两人隔桌对坐，只是米沙坐在维克托平常坐的位子，而他则背对着炉子。他感觉米沙眼中似乎闪过一丝敌意。

为了化解两人之间的紧绷气氛，他问："来杯白兰地吗？"

"好呀。"访客回答。

维克托倒了酒，两人默默喝着。

米沙用手指敲着桌面若有所思。他环顾厨房，发现窗台上的那叠报纸，便伸手抓了过来。他拿起最上面一份瞄了一眼，立刻表情嫌恶地扔了回去。

"生命还真有趣，"他叹了口气说，"你想娱乐世人，结果却像潜水艇一头往海底钻……"

维克托听见他说的，但搞不懂意思。话语有如蛛丝随风而逝。

"再帮我倒一杯。"米沙说。

喝完第二杯酒，米沙到起居室去看索尼娅，发现她还睡得安安稳稳，便走回了厨房。

"我敢说你一定很想知道出了什么事。"他盯着维克托，用比刚才虚弱的语气缓缓说道。

维克托没有开口，他已经不想知道任何事了，只想倒头就睡。人类米沙的古怪举止开始让他丧气。

"枪杀、爆炸，那些你都知道了，对吧？"米沙比着报纸说。

"所以呢？"

"你知道是谁害的吗？"

"谁？"

米沙刻意拉长沉默，并露出厌烦且不善的微笑。

"你。"

"我？怎么——怎么会是我？"

"当然不能全怪你……但如果不是你，这一切都不会发生。"他眼睛眨也不眨地望着维克托，似乎看穿了他。"只是你很嗜血，我看得出来。我问过你原因，你也跟我说了。我们讲得很直白。你跟小孩一样直接，我就喜欢你这一点。你想见到你的作品付梓，变成白纸黑字。是啊，有何不可？所以我才问你觉得自己写得最好的是谁……纯粹为了让你开心……再帮我倒一杯。"

维克托起身帮两人各倒了一杯威士忌，双手明显在发抖。

"你是说你杀了亚可尼茨基？"维克托吓坏了。

"不是我，是我们，"米沙纠正他，"但你别担心，他是罪有应得……还有一点，他的死让那些被他定期恐吓取财的私有化信徒松了一口气，而且他手上留有一些关于议会同僚的文件，是他之前拿来保命用的。那些高层的家伙生活还真辛苦……简直跟打仗一样。"

两人陷入冗长的沉默。人类米沙望着窗外，让维克托一个人思考自己刚才到底听到了什么。

"我问你，"最后他说，"他情妇的死也和我有关吗？"

"你还没搞懂，"米沙像学校老师一样镇定地说，"你和我只是抽掉纸牌屋的最后一张牌而已，但纸牌全垮了。现在只要等风头过去……"

"我也是吗？"维克托问，语气很忧心。

米沙耸耸肩。"这得看个人，"他重新斟满酒杯说，"但你会没事的。感觉上有人在保护你……所以我才会来找你。"

"谁？"

米沙不置可否。

"我不晓得，只是感觉。要是没人保护你，你不可能还在这里。"说完他陷入沉思，过了半晌才说："我可以请你帮一个忙吗？"

维克托点点头。

"上床去吧，我想在这里多待一会儿，想想事情。"

维克托回房躺下，但毫无睡意。他竖耳倾听，可是屋里一片沉寂，感觉所有人都睡了。起居室传来孩子的声音，是索尼娅在喊"妈妈、妈妈"，声音很弱很轻。

他心想，谁？在哪里？

最后他迷迷糊糊睡着了。

过了不久，企鹅从深绿色长沙发后方钻了出来，朝半开的起居室门走去。它在睡着的女孩身旁停留片刻，若有所思地望着她，接着踏进了走廊。它推开另一扇门，走进厨房。

一名陌生男子坐在主人的位子上，头枕着桌子正在睡觉。

企鹅动也不动地站在门口，打量了那人好几分钟，接着转身回到原来的地方。

# 24

床头的时钟显示清晨七点，窗外依然安静漆黑。维克托头痛醒来，躺在床上望着天花板沉思，回想他和人类米沙的对话。无论头痛不痛，他都有一些问题想问昨夜的访客。

他缓缓起身，尽量不出声音，穿上睡袍走进起居室。

索尼娅还在睡觉，有人贴心地从玄关的钩子上拿了维克托的灰色秋季大衣盖在她身上。

维克托振作精神走进走廊，没想到通往厨房的门开着，他停下了脚步。

厨房是空的，桌上留了一张字条。

　　该走了。索尼娅就麻烦你照顾了。她是你的责任——你要用生命照顾她。风头过了我就回来——米沙。

措手不及的维克托坐在桌前愣愣地望着手写字条，试着将想问人类米沙但没能问成的问题抛到脑后。

窗外，灰蒙的冬日破晓正在对抗漆黑的夜色。

起居室的长沙发嘎吱一声，将他从思绪中拉了回来。维克托起身到起居室探头张望。

索尼娅坐起来了，正在揉眼睛。

"爸爸呢？"她察觉维克托在门口，便开口问他。

"他走了，"维克托回答，"你要在这里住一阵子。"

"和企鹅米沙一起吗？"她开心地问。

"没错。"他淡淡地答。

"昨天我们的窗户破了，"她说，"好冷。"

"你说你们家的窗户？"

"对，"她透露道，"当啷！哗啦！好可怕！"

"你想不想吃东西？"

"如果是粥我就不吃。"

"我家里没有粥，"维克托老实说，"我吃得不多。"

"我也是，"索尼娅报以微笑，"我们今天要去哪里？"

"哪里？"维克托重复她的话，一边思考着。"我不知道……你想去哪里？"

"动物园。"

"好吧，"他说，"但我得先工作两小时。"

# 25

维克托给了米沙鱼当午餐，他和索尼娅则吃炸马铃薯。

"我明天会多买一些食物。"他保证。

"我吃这些就够了。"索尼娅拿了比较大的那一盘。

维克托笑了。这是他头一回接触到别人的童年。他小心而好奇地观察着，仿佛自己还是个孩子。索尼娅的主动，还有她的回答——与其说不恰当，还不如说答非所问——让他忍不住微笑。他一边吃饭一边瞄着坐在对面的她，看她为了好玩而非肚子饿而吃，仔细打量每一口食物。米沙站在她和炉子之间，正对着饭碗狼吞虎咽。

"它很喜欢！"她兴高采烈报告着。

维克托喝了茶，帮索尼娅穿上外套，两人就出发往动物园去了。

天空微微飘着雪，风吹着他们的脸庞，走出地铁站，他将她的围巾拉高到眼睛下缘。

走进动物园大门，一张告示写着时值冬季，动物园只有小部分开放访客参观。

园里人不多。照着写有"老虎"的牌子指示，他带索尼娅沿着覆盖白雪的小径经过一个栅栏。栅栏上画着一只大斑马，并用喷漆注明了斑马的成长与习性。

"斑马呢？"索尼娅环顾四周问。"斑马到哪里去了？"

"往前走吧。"维克托哄她。

两人又经过好几个空栅栏，板子上写着之前住的动物的介绍。最后他们来到了一块有屋顶的区域。

粗铁条后方有两只老虎、一头狮子、一只狼和其他猛兽。入口告示写着：

只能喂食生肉和面包

他们没有生肉，也没带面包。

两人从铁笼前面走过，每经过一个就停留片刻。

"企鹅呢，"索尼娅问，"企鹅在哪里？"

"可能不在这里……不过只要我们继续找，一定会看到的。"

他试着回想自己当初是在哪里见到米沙的。是在爬虫类、两栖类和棕熊的水泥兽穴之后。

两人继续往前走，遇到一个下凹的空栅栏，周围有栏杆，中央是一个水面结冰的湖。栏杆上方立着一个牌子，写着"企鹅"两个字。

"你看到啦，这里没有企鹅。"维克托说。

"真可惜，"索尼娅叹了口气，"不然我们就能带米沙来这里交朋友了。"

"你也看到了，这里一只企鹅都没有。"他蹲在她面前又说了一次。

"那什么还住在这里？"她问。

两人又在动物园里晃了一个小时，看了鱼、蛇、两只白头海雕和一只孤零零的长颈羊驼。往出口走时，维克托看见一个招牌：

科学信息中心

"我们进去瞄一眼，"他提议道，"说不定他们知道企鹅的事。"

"好呀，去吧。"索尼娅赞同。

他敲了敲小平房的其中一扇门，然后走了进去。

"对不起。"他看见一名头发花白的女士坐在桌前读着期刊，便对她说。

"你好，"女士抬头道，"有我能效劳的地方吗？"

"一年多前，"他说，"我从贵园领养了一只企鹅。您该不会知道其他企鹅的下落吧？"

"不知道，企鹅是皮德佩利负责的。它们被送走时，他也被开除了，结果竟然把文件也带走了，真是恶劣的老头。"

"您说他叫皮德佩利？我可以到哪里去找他？"

"试试人事处吧，"女士耸耸肩，接着很感兴趣地望着索尼娅，"我想你应该不喜欢蛇吧？爬虫类和两栖类一月份就要送走了。"

"谢谢您，不用了。请问人事处怎么走？"

"厕所后面，入口左边。"

维克托让索尼娅在入口等着，进去问到了皮德佩利的地址。他将纸条折好收进皮夹，接着便牵起索尼娅的手朝地铁站走去。

# 26

隔天早上，他决定去见总编辑。首先他有一堆稿子要交，其次出于忏悔（或说解释）的冲动，他想告诉对方亚可尼茨基出了什么事，还有为什么出事。

"你可以一个人待在家里吗？"早餐后，他问索尼娅。

"爸爸教过我，"她说，"不要让任何人进门，不要接电话，不要靠近窗户。对吗？"

"没错，"维克托叹了口气说，"但你今天可以靠近窗户。"

"真的？"索尼娅开心地说，随即跑到阳台门前贴着玻璃往外看。

"你看到什么了？"

"冬天。"

"我很快就回来了。"维克托承诺道。

他出示了三次记者证才顺利进到总编辑的办公室。

"最近好吗？"伊戈尔·罗夫维奇问。

"很好，"维克托说，但不是很有说服力，"我带了新的缅怀文。"

总编辑伸出手。"拿去，"他递了一个很厚的档案夹给维克托，"这是费奥多尔给你的。"

"伊戈尔，"维克托鼓起勇气开口说，"我好像才是该为亚可尼茨基的死负责的人。"

"真的吗！"总编辑咧嘴笑着说。"觉得自己是帮凶，是吧？"

维克托一脸困惑。

"别烦恼，"总编辑用比较和善的口吻说，"我什么都知道。"

"你什么都知道？"

"我知道的可多了。亚可尼茨基正在走霉运……所以别担心！不过你当然还是继续关切事情的发展比较好。"

维克托吓得愣住了，很难接受这个事实。

最后他说："所以还不是世界末日啰？"

"怎么可能是？难道就因为我们这一小伙人是有政府关系的少数人？别紧张，你不算一伙的，就算是也很间接。来杯咖啡吧。"

总编辑打电话吩咐秘书，接着两眼盯着维克托，若有所思地咬着下唇。

"你没有老婆？也没有女朋友？"

"目前没有。"

"可惜了，"总编辑半幽默地摇摇头说，"女人最能锻炼男人的神经系统了。你该好好加强你的神经了……抱歉，开个小玩笑。"

秘书端了咖啡进来。

维克托舀了半匙糖，但咖啡太浓了，所以还是很苦，让他想起不久前的哈尔科夫之行。

"我还需要去敖德萨吗？"他想到前往哈尔科夫之前和总编辑的对话，突然开口问道。

"不用了，"总编辑回答，"有人很反对我们插手外地的事情……不过，我们这里的材料已经够多了，所以你不必担心。瞧瞧我，他们刚杀了我的司机，我还不是冷静得跟坦克一样？相信我，生死有命，不必在意那么多。"

维克托看着总编辑身上的昂贵西装、法国领带、纯金领带夹和导演椅，很怀疑他真的觉得生命没什么价值。

"除夕那天我们一定要开瓶酒庆祝庆祝，就你和我，如何？还是你有事？"

"没问题。"维克托答道。

"很好，"总编辑起身说，"我再跟你联系。"

# 27

斯捷潘·雅科夫列维奇·皮德佩利住在一栋灰色斯大林式巴洛克公寓的一楼，离斯维亚托席诺地铁站不远。维克托将鞋子上的积雪跺掉，摁了门铃。

门后的人从门孔打量了许久，接着用颤抖而苍老的声音说："你找谁？"

"斯捷潘·雅科夫列维奇。"维克托说。

"你哪位？"

"我在动物园问到您的地址，"维克托解释，"想请教企鹅的事。"

虽然理由很蠢，门却打开了，只见一个胡子没刮、看起来也不太老的男人穿着蓝色羊毛运动服站在门口，请他进去。

维克托走进宽敞的起居室，房间中央是一张旧式圆桌和几张椅子。

"坐吧。"屋主看也不看维克托，这么跟他说。

"你对企鹅感兴趣，是吧？"那人又说，但这会儿直直望着他，同时一边伸手在肮脏的桌子上摸到一根烟头拿起来，将手伸到桌子底下。等他再伸手出来，烟头已经不见了。那人将手放在桌上。

"很抱歉打扰您，"维克托开口道，"但我想请问您，您这里有没有关于企鹅的书？"

"书？"皮德佩利露出受伤的神情反问道。"我为什么要买书？我自己写，只是没出版……我研究企鹅超过二十年了。"

"所以您是动物学家？"维克托用自己最恭敬的语气说。

"应该说企鹅学家，不过你在职业栏里当然是找不到这一项的，"皮德佩利的口气和缓下来，"话说回来，你到底想知道企鹅的什么？"

"我家里有一只企鹅，但我完全不了解它。我很担心自己养的方法不对。"

"你养了一只企鹅是吧？太棒了！你从哪里得到它的？"

"一年前从动物园领养的，就是小型动物都被送走的那时候。"

皮德佩利皱眉说："哪一种企鹅？"

"国王企鹅吧，我想。名字叫米沙，已经是成年鸟了，和这张桌子差不多高。"

"米沙！"皮德佩利抿着嘴，搔搔小平头说。"从我们动物园？"

"对。"

"真想不到！但你怎么会挑一只生病的呢？我记得那里有七只企鹅。阿代勒和扎伊切克，这两只比较年轻，也比较壮。"

"米沙怎么了？"

"他有忧郁症，心脏又不好，我认为是先天的。原来它被你领养了啊。"说完他难过地叹了口气。

"那怎么办？有办法治疗吗？"

"问得好！"皮德佩利笑了。"现在连人都没医师看了，更何况企鹅！你得搞清楚一点，我们这里的气候是会让南极生物活不下去的，因此最好的方法当然是让它回到原生地。不要误会我的意思，我显然在胡说八道，但我要是企鹅，而且发现自己跑到这个纬度来，我一定会自杀。想象你住在夏天会到摄氏四十多度，冬天偶尔才会降到零下十度的地方，但你身上有两层专抗严寒的脂肪，更别说体内那几百条血管了，那有多折磨呀！想象你体内热得发烫，好像有火在烧……其实我们动物园里的企鹅都有忧郁症……可是他们竟然想说服我企鹅没有心灵。我证明他们错了！我也会证明给你看！至于米沙的心脏，谁的心脏能承受那样的高热？"

维克托专心听着，皮德佩利越讲越激动，双手越挥越凶，不时语带讥讽，偶尔停下来喘息，然后继续。维克托从来没遇过这么滔滔不绝的人：孵育期、心理状态、交配特征……后来他听得头都痛了，知道自己非得打断对方不可。

"抱歉，但我可以拜读您的大作吗？"他趁皮德佩利大放厥词的时候插话。"我是说关于企鹅的文章。"

"当然，"皮德帕利缓缓答道，"等我去拿过来。"

他走到隔壁房间——从起居室看过去显然是书房——在一张大书桌前弯身翻找其中一个抽屉，最后终于直起身子，拿着厚厚一叠档案回来。

"拿去，"他将档案夹放在桌上，"你不可能统统感兴趣，但只要有一部分对你有用，我就心满意足了。"

"我有什么能回报您的吗？"维克托很想表示谢意，但不知从何做起。

"有，"企鹅学家轻声说，"你可以做一件事。拿手稿来还的时候，记得带两公斤马铃薯。"

# *28*

两周过去了，索尼娅已经适应了新家，越来越少提到爸爸。维克托也习惯了索尼娅的陪伴，就像一年多前习惯米沙那样。但他时常想起她的父亲，不晓得他后来怎么了，甚至不清楚他是不是还活着。

窗外隆冬天寒。有时傍晚天色昏暗，路人稀疏寥落，他会带索尼娅和米沙出去散步，三人脚下踩着白雪沙沙作响，在三间鸽舍旁的废弃空地闲晃。偶尔会有土狗奔向米沙，但它们不会吠叫，而是默默嗅闻这个无动于衷的陌生动物。索尼娅总会挥舞双手，鼓起双颊朝狗儿冲去，将它们赶跑，然后哈哈大笑。

维克托读完了皮德佩利的手稿，虽然很多地方看不懂，但还是发现了一些有用的知识。他记下最重要的页数，到最近的书店复印备份，接着将手稿放在厨房最显眼的地方，打算不久后归还。

他的工作也有进展。维克托认真吸收总编辑给他的档案，完成了十二份缅怀文摆在窗台上，等着时间一到就交出去。那些档案给了他不少麻烦，因为总编辑划了太多线，维克托只好设法调整，让它们尽善尽美，也就是改变文字节奏、加快步调，将划线部分写成简短的生平记述，让它们读起来像是旁人的回忆，而非状子里的指控。

完成这批文章后，他才发现自己以前没有察觉，他写的讣闻只有一篇（而且是意外写的）主角是清廉之士，没有任何事实或迹象显示对方的过去有问题。他想到的人是尤利娅·帕尔霍缅科，那位歌剧女伶。但他随即想起对方似乎涉及另一位女歌者的失踪……还有她和已故的亚可尼茨基的爱情……唉，纯洁无瑕的人是不存在的，就算有也死得默默无闻，不会有缅怀文。这个想法感觉很有说服力。那些值得用讣闻纪念的人通常功成名就，努力追求理想，而在奋斗时很难始终保持诚实与正直。不过，现在的奋斗都是为了世俗之物，疯狂的理想主义者已经绝迹了，只剩疯狂的务实分子……

辖区民兵谢尔盖打过几次电话，上周日还一起又去了结冰的第聂伯河。只不过这回多了索尼娅。所有人都很开心。米沙在偌大的冰洞里开怀泅泳，维克托和谢尔盖躺在同一条棉被上，畅饮加了白兰地的咖啡，索尼娅捧着大人买给她的百事可乐和糖果，三人看着米沙像是被人咬到似的从冰洞里弹出来，飞到空中足足有一米高，然后滑稽地落回地面，再匆匆走回棉被这边来。索尼娅会用浴巾仔细擦干它的身子，然后它又踩着可笑的步伐回到冰洞边。

他们在那里坐到将近日落，之后不得不匆匆横越冰冻成一片灰蓝的第聂伯河，赶回和往常一样停在修道院公园旁的小轿车上。

接下来那一周一切如常，只是维克托发现自己多了照顾索尼娅的责任，增加了一些负担。结果他们反而吃得比之前还好。维克托特地去买了德国水果乳酪和新鲜蔬菜，企鹅的伙食也增加了冷冻虾，它吃得津津有味。

"你家为什么没有电视？"某天，索尼娅问。"你不爱看卡通吗？"

"我不爱看。"维克托回答。

"我喜欢看。"小女孩郑重地说。

新年快到了，店家纷纷摆出装饰着玩具的小树，克雷希夏季克街上则用小枞树堆成了一棵"国家树"。路人的神情轻松不少，报纸也几乎看不到枪击和爆炸的新闻，仿佛整个基辅市无论各行各业都在过节庆祝。

维克托已经帮索尼娅买了新年礼物，藏在柜子里。他买了芭比娃娃。两人一起挑了一棵小枞树，连同底座搬回住处，用缎带和阁楼里找到的旧玩具装饰它。

"你相信有冰雪爷爷[1]吗？"他问索尼娅。

"相信啊，"索尼娅吃惊地说，"你不相信吗？"

"我也相信。"维克托说。

"等新年来吧，他一定会给你礼物的。"她信誓旦旦地说。

---

1 俄罗斯的圣诞老人叫做 Ded Moroz，英文译为 Grandfather Frost，中文可译为
冰雪爷爷。——编者注。

# 29

维克托将索尼娅留在住处，先去食品店采买，然后转往皮德佩利家。

来应门的皮德佩利还是穿着蓝色运动服，而且没穿鞋。

"都是给我的？"他一边说着，一边兴奋地看视维克托带来的食材大礼。"你真不该破费的。"

企鹅学家的稿子在袋子底，压在所有东西下面。维克托将稿子还给他，并向他道谢。

"有用处吗？"

"非常有用。"

"坐吧，我去泡茶。"皮德佩利说完开始忙东忙西。

结果他泡的是绿茶。皮德佩利用碗装了递给他，还附上一小盒碎砂糖，天晓得是哪里产的。维克托只在老电影里看过这种东西。

他抓了一点糖，用茶冲进杯里，然后偷偷看了小糖盒一眼。

"你瞧，还没坏，"皮德佩利发现他在看什么，便开口说，"我很久以前买了三个，现在还剩下一些……时间哪，以前的东西更有型，更有味道。你还记得首都肉块吗？"

维克托摇摇头。

"你错过物资丰富的年代了，"老家伙遗憾地说，"每个世纪都有五年的富足光景，之后一切就完蛋了……我想你是遇不到下一个五年了。我当然不可能，但我至少见过一次。企鹅还好吗？"

"它很好，"维克托说，"还记得您提过企鹅的心灵吗？"

"我确实提过。"

"它们很会辨认情绪，当然包括人和其他动物的情绪。除此之外，它们还很会记仇，对于好东西的记忆也很深。但您也晓得，企鹅的心灵远比狗或猫复杂。它们更有智慧，更隐秘，能够隐瞒感觉与情感。"

喝完茶后，维克托拿了一张字条潦草写下他的电话号码。

"您想要什么就打电话来。"他将字条递给企鹅学家说。

"谢谢你，谢谢。你也可以打电话来，要常来看我。"

老人起身时，维克托再次留意到他没穿鞋子。

"您不会着凉吗？"他问。

"不会，"皮德佩利向他保证，"我做瑜伽。我有一本书里头很多图片，印度的瑜伽师傅都打赤脚。"

"那是因为印度没有冬天，鞋子又贵，"维克托说着走出屋外，"再见啰。"

皮德佩利望着离去的访客，在他背后高喊："新年快乐！"

# 30

新年前几天，维克托一早醒来，发现起居室的树下多
了三个色彩鲜艳的包裹。他立刻去看索尼娅。她还在睡觉。

是谁摆的？索尼娅还是冰雪爷爷？

他刷牙洗脸，走进厨房发现桌上摆着一个信封。

这件事加上昨晚睡不安稳，将他逼到了极限。

他想起梦见自己深夜躲在陌生的公寓里闪避某人，聚
精会神倾听偶尔被脚步声和开门声打断的寂静。信封是封住
的，他用剪刀剪开一边抽出信来，上面清清楚楚用大字写着：

新年快乐！感谢你照顾索尼娅。她和你的礼物摆
在树下，和我同名的家伙也有礼物，在冷冻库里。希
望新年能让你喘口气。很抱歉，我还不能露面……

下次见，米沙

维克托左右张望,一脸困惑,仿佛等着看信是谁拿来的。

他走到门口试了试门,和往常一样从里面上了两道锁。

维克托耸耸肩,转身回到了厨房。昨晚发生的事既明显但又无法解释,让他完全迷糊了。门锁不再能保护他了,醒着或睡着都一样,危险时毫无用处。

但他心里的赞叹多过于警戒。

窗外,棉絮般的雪被风吹着,斜斜飘了下来。

# 31

索尼娅醒来看到树下的礼物，非常开心。

"你看！"她说。"冰雪爷爷送的！他说不定还会再来。"

维克托笑而不语。

吃完早餐，索尼娅想打开礼物，但维克托阻止了她。

"里面也有我的礼物，"他蹲在索尼娅面前说，"但现在才二十九号，还有两天才是新年！"

索尼娅勉强答应了。

后来索尼娅到卧室说童话故事给米沙听，维克托泡了咖啡，拿着杯子走到桌边面向窗外坐了下来。

这一年他的生活出现了不少怪事，结束得也很奇怪，让他心里五味杂陈。寂寞变成了半是寂寞、半是依赖。原本迟滞的生命像一股浪潮将他带到了一座陌生的岛屿，并且突然给了他许多责任与金钱，但他却置身事外，不只对这些事件，甚至对生活也无动于衷，完全不想理解一切是怎么回事，直到最近因为索尼娅的到来才有了转变。即使如此，他还是感觉自己已经错过了了解真相的时间，周遭一切依然难以理解，想来就觉得恐怖。

他的世界现在包括了他、企鹅米沙和索尼娅，但这个小天地感觉很脆弱，一旦出事他根本无力保护。不是因为他没有武器或不会空手道，而只是因为他没有归属感和契合感，又没有女人，这样的天地太容易崩毁了。索尼娅是别人家的小女孩，只是由他暂时照顾，企鹅忧郁又生了病，就算看到冷冻鱼也不会像狗一样摇尾表示感激。

电话铃声打断了他的思绪，他走回起居室接起电话。

是总编辑。

"我去找你半小时，方便吗？"

"方便。"维克托说。

他探头到卧室看了一眼，索尼娅和企鹅正面对面站着。

"你听懂我刚才说的吗？"她问企鹅，语气很坚持。

他发现他们两个差不多高。

"很好，"索尼娅说，"那我要用很不一样的颜色帮你做一套新衣服。"

维克托笑着蹑脚走开。一小时后，总编辑来了，长大衣上都是雪。他甩了很久才进门来。

"新年快乐！"他放下沉重的行李袋说。

两人走进厨房，伊戈尔·罗夫维奇从袋里拿出一瓶香槟、一颗柠檬、两只罐头和几个包裹。

他要维克托拿砧板和刀子过来，两人一起切了香肠、奶酪和法国面包。切好后维克托去拿了酒杯。

"你养猫了？"总编辑看见炉子旁小桌上碗里的鱼头，便这么问。

"没有，是企鹅。"

他笑了。"别开玩笑了！"

"是真的，你自己看。"

维克托带他到浴室。

"这位小姑娘是谁？"总编辑看见小女孩，便问。"你不是说你未婚？"

"我是索尼娅！"索尼娅看着陌生叔叔说，随即指着企鹅道，"它是米沙。"

"她是我朋友的女儿。"维克托压低声音，免得索尼娅听见。

总编辑侧头不语。

回到厨房他说："可惜了，我不晓得你养了企鹅。我最小的儿子只在书里看过它们。"

"下回带他来吧。"

"下回？"总编辑若有所思地重复。"好啊，当然没问题。他今年和我老婆去意大利过年了，那里比较安静。"

他仰头望着天花板，免得软木塞射到上面，接着倒了香槟。

"新年快乐！"他说。

维克托举杯说："新年快乐！"

"你把它养在哪里？"总编辑喝了一口香槟后说。

"这里。"

总编辑点点头，拿叉子叉起意式腊肠，又朝维克托看了一眼。这回眼神里多了几分担忧。

"听着，"他说，"我有一些坏消息要告诉你……不过事实就是如此。"

维克托聚精会神望着他。

"他们盯上你了。他们闯进我办公室，问我缅怀文是谁写的。幸好没人知道，除了我和费奥多尔。"

"他们为什么会盯上我？"已经喝得半醉的维克托放下酒杯问道。

"老实说，"总编辑欲言又止，小心地斟酌字眼，"你让我们很骄傲，维克托……我是说，我划线的地方你都抓到重点了。事实上，你每一则缅怀文不仅写到了离世者的罪恶，还暗示了他的死可以让哪些人得到好处。显然有人猜到了个中奥妙——这些人是被安排走上对立冲突之路的。不过我们还是很有成就，而且还能做得更好，只需要改变策略就行了。"

"我们？你是说报纸吗？"维克托惊惶失措，努力回想自己在哪里听过"冲突对立"四个字。

"不光是我们，"总编辑柔声说，"甚至不光是我们报社，而是致力清理这个国家的一群人……不过别担心——我们的安全人员正盯着盯上你的人。但为了让我们的人有时间应变，你可能得暂避风头一阵子。"

"什么时候？"维克托惊愕地问。

"越快越好。"总编辑冷静回答。

维克托坐在桌前，一副垂头丧气的模样。

"没什么好怕的。恐惧只会惹祸上身，"伊戈尔·罗夫维奇说，"还不如想想去哪里避风头……别告诉我，只要打个电话来就好，知道吗？"

维克托愣愣点了点头。

"现在让我们举杯祝我这边一切顺利，"总编辑一边斟酒一边说道，"只要我这边顺利，我保证你一定不会成为输家。"

维克托勉强举杯附和。

"干杯！"总编辑催促道。"是福不是祸，是祸躲不过。有酒当喝莫蹉跎！"

维克托猛灌一口，气泡直冲鼻子，让他差点呛到。

"我要是不看重你，就不会来这一趟了，"伊戈尔·罗夫维奇说着穿上深绿色长大衣，准备离开，"你大约一周后再打电话来。这段时间不用工作，找一个舒服又隐秘的地方待着，按兵不动就好。"

门砰的一声关上，总编辑的脚步声渐行渐远，留下维克托一个人面对不安的沉默与刚才被香槟压制住的思绪。

他默默望着关上的门，再次试着破解冰雪爷爷深夜带着人类米沙托付的消息与礼物造访他家的谜团。

"维克托叔叔！"索尼娅在起居室大喊。"维克托叔叔！它把我撞倒了。"

维克托回过神来，匆匆朝索尼娅跑去。

"怎么了？"他低头看见索尼娅躺在地上，便问她说。

"没事。"索尼娅说，脸上露出做错事被捉的微笑。

米沙站在她身旁，目光炯炯。

"我想要看你的礼物，它就把我撞倒了，"索尼娅终于坦白道，"我没有看我的礼物，只是想瞄一眼你的。"

"起来吧。"维克托伸手拉她。

索尼娅站了起来。

"我可以去散步吗？"

"不行。"维克托怒斥道。

"只是出去走一走。"

有何不可呢？外头小孩那么多。

"好吧，但不能去太久，而且不能离开这条街。"

维克托帮索尼娅穿上毛大衣，用围巾裹住她的脸到眼睛下面，接着便让小女孩出门。送走她之后，他坐在餐桌前沉入了思绪里。这阵子每天都有不请自来的意外，他可有得想了。

# 32

他突然心惊肉跳。他依然坐在桌前，香槟已经喝完，香肠也吃了，微醺的感觉也已经散去，头脑清醒，双脚也没有发抖。

他望向窗外，雪已经小了许多，他看见楼下有几个住在这条街上的小孩正在堆城堡。

他站在小床头桌上，将头探出通风口大喊："索尼娅！快点回家！"

小孩全都停下手边的动作往上看，但都站着不动。

维克托努力张望，就是看不到索尼娅的身影。他立刻穿上羊皮大衣和毛帽冲出住处。他看见一群小孩站在不远处，便急忙跑向他们，但索尼娅不在那里。

他听见背后传来引擎声，立刻转身一看，只见一辆老奔驰从对面的楼房前扬长而去。他下意识追了上去，而且竟然没有摔倒，终于在车子驶到路口转弯之前追上它。但就在这时，他跌了一跤，整个人往前扑倒，把司机吓了一跳。车上只有他一个人。维克托站起来，缓缓走回街上。

他真蠢，总编辑说了那些话，他还让她出门。

走上楼梯，他发现索尼娅竟然靠着房门站着。

"你跑去哪里了？"他大喊。

"我去一楼的阿尼娅家了，"她歉疚地说，"她拿自己的辛迪娃娃给我看。"

他觉得自己应该给她一点教训，但不久便冷静了下来。

"你想吃东西吗？"他问。

"米沙吃了吗？"

"还没。"

"那我们就能一起吃了！"索尼娅开心地说。

# 33

晚饭后，维克托打电话给谢尔盖·菲施拜因－斯捷潘年科，请他尽快过来一趟。他果然赶来了。两人走进厨房将门关上，让索尼娅和米沙待在起居室。

维克托原本想编个故事给谢尔盖听，但后来发现这么做很蠢。既然有求于人，又何必欺瞒呢？他的叙述虽然有些前言不对后语，但谢尔盖立刻就接受了。

"我有一处夏季别墅，"谢尔盖说，"是内政部队的房子，里面有公用电话、壁炉和电视，食物在地窖里……我们要不去那里过新年吧？"

"但你本来打算去哪里过年呢？"维克托谨慎地问。

谢尔盖耸耸肩。"哪儿都不去，"他说，"你也知道我交游不广。"

"那你母亲呢？"

"我母亲不来这一套，她讨厌过年过节。你想什么时候出发？"

"越快越好，今天就走？"

谢尔盖看了看窗外，天色开始黑了。

"好，但我得先回家一趟，因为钥匙不在我身上，"他从桌前起身，"你收拾行李，一小时后我回来。"

维克托送他出门，接着探头到起居室。

"索尼娅，"他蹲在她面前说，"我们要去旅行啰。"

"什么时候回来？"

"几天后吧。"

"要是冰雪爷爷来了没见到我们怎么办？"

"他有钥匙，"维克托说，"他会把礼物放在树下的。"

"我们去的地方也有树吗？"

维克托摇摇头。

"那我不去。"索尼娅斩钉截铁地说。

维克托长叹一声。

"你如果不听话，"他厉声说，"你爸爸回来我就告诉他你有多不乖。"

"那我就跟他说，你都不念书给我听，也不买冰淇淋给我。"她信誓旦旦地说。

索尼娅说得一点也没错，让他哑口无言。

"好吧，"最后他说，"你说得对，但有人邀请我们去。你想的话，我们可以把树带去。"

"米沙也一起去吗？"

"当然。"

"好吧。"

两人合力将树上的装饰和玩具拿下来，用纸包好。

"礼物也要带去。"索尼娅很坚持，维克托乖乖地把礼物装进购物袋里。

"等一下，"索尼娅突然停下动作说，"要是冰雪爷爷来这里没看到树，他要把礼物摆在哪里？"

维克托不知所措，想不出什么好答案，只觉得疲惫到了极点。

"也许我们应该在墙壁上画一棵枞树，让他知道礼物要摆哪里，"索尼娅大声地自言自语，"你有绿色的油漆吗？"

"没有，"维克托说，"但我知道我们可以怎么办。我们在厨房留一张字条，告诉他把礼物放在桌子上。"

索尼娅想了一想。

"放在桌子底下比较好。"

"为什么？"

"这样才不会有人看见。"

决定之后，维克托开始写纸条。索尼娅一个字一个字跟着读，读完点头赞同。

楼下传来车子的引擎声。维克托往窗外看，昏暗的午后天光下，他隐约看出是那辆熟悉的扎波罗热人。

他将树用洗衣绳绑好，先搬它下去，连同那一袋玩具和礼物，还有冷冻库里的食物，接着将米沙抱在怀里，带索尼娅下楼。

　　"我多带了两条毯子，"谢尔盖在车里说，"那里很冷，要好一下子才会暖和起来。"

　　米沙和索尼娅坐后座，维克托坐前面。引擎发动时，企鹅蹭到女孩身旁，似乎被声音吓到了。维克托从照后镜看见他们依偎在一起，便碰了碰谢尔盖要他看。谢尔盖扳动照后镜，瞄了一眼后座这有趣又甜蜜的一幕，疲惫地笑了笑，接着便踩下油门出发了。

# 34

到了夏季别墅的入口，两名身穿迷彩服的人从哨亭里走了出来，绕着他们的车看了一圈，并仔细打量车内。谢尔盖摇下车窗。

"七号别墅。"

"进去吧。"其中一名警卫说。

车子开到一间屋顶很斜的小砖房前停了下来。谢尔盖先下车，维克托回头看了后座一眼，发现索尼娅睡着了。

"等我一下，我先解除陷阱。"谢尔盖说。

"什么陷阱？"

"防盗用的。"

谢尔盖弯下腰去，只听见木板嘎吱一声，他移开了门前的某样东西。

"好了，"他喊维克托，"我们可以进去了。"

开门进去是一道玻璃游廊。谢尔盖将电灯打开，晕黄的灯光洒在屋外的雪地和车上。睡醒的索尼娅揉揉眼睛，转头去看米沙。她一路上一直搂着自己的同伴。米沙察觉索尼娅醒了，便转头望着她。两人凝视着对方。

　　没多久，他们四人已经坐在冰冷的房里，对着死寂的壁炉，只有天花板上一盏灯泡发着微光，创造出温暖的假象。

　　谢尔盖搬来柴火，在壁炉里堆成小屋状，然后点了一张报纸塞了进去。

　　火着起来了，开始缓缓发热。

　　躲在远处角落的米沙突然活了过来，走到炉火前。

　　"维克托叔叔，"索尼娅打着呵欠说，"我们什么时候要把树立起来？"

　　"明天早上。"维克托说。

　　小房间里有一张长沙发和一张扶手椅面对壁炉，左边靠墙有一张床。

　　两人将索尼娅抱到壁炉前的长沙发上，还帮她盖了两条毯子。索尼娅一下子就睡着了，留下维克托、谢尔盖和米沙在熊熊的炉火前守夜。谢尔盖又添了一些柴火。四下静寂，只有水汽从柴火里窜出的声音嘶嘶作响。

　　维克托靠着长沙发，谢尔盖坐在扶手椅上，天生不晓得该怎么坐下的米沙依然站着。

　　"明天我要工作，"谢尔盖说，"下班后我会带香槟和肉回来。"

维克托点点头。

"这里好静，"他梦呓似的说，"静得适合坐下来写作。"

"没有人阻止你呀。"谢尔盖亲切地说。

"生命不让我写。"维克托沉默片刻后说。

"是你自己把事情变复杂的……我们到游廊抽根烟吧。"

维克托跟着去了，但没有抽烟。从稍微温暖的起居室来到游廊，感觉就像钻进冰箱一样，但很振奋精神。

谢尔盖朝低矮的天花板吐了一口烟。"我说，"他说，"既然你状况那么糟，为何还要拖着一个小女孩到处跑？"

"她父亲似乎也好不到哪里去。我不晓得他人在哪里，所以还能怎么办？"

谢尔盖耸耸肩。过了很久，他望着窗外说："唉，大家都一样。"

黑暗中有两扇窗闪闪发亮。

"想来点樱桃白兰地吗？"谢尔盖突然问。

"当然好！"

两人走到冷得像冰的厨房。厨房很小，只有料理台、电炉、一张小桌子和两张凳子。谢尔盖拉起一块木头地板，将手电筒扔给维克托。

"帮我照路，我要下去。"他告诉维克托，维克托照做了。

谢尔盖弯身走下地窖，拿了两瓶塞着奶嘴的陈年香槟递给维克托，接着爬出了地窖。

两人立刻在厨房坐下，用平底玻璃杯倒了樱桃白兰地，一边悠闲地喝着一边倾听房里的寂静。谢尔盖去起居室添了新柴到壁炉里。

"她还在睡吗？"谢尔盖回来后，维克托问他。

"嗯。"

"米沙呢？"

"它还在看着火，"谢尔盖咧嘴笑着说，"我们要喝到新年来吗？"

维克托叹息一声拿起杯子。杯子也冰得要命。

"就像我一位屠夫朋友经常说的，"谢尔盖接着说，"让我们别为了每下愈况而喝，我们见过好日子。"

# 35

隔天早上,谢尔盖出发回基辅后,维克托从别墅区的地面水管打了一桶水回到厨房。他将茶壶放到电炉上,接着走到起居室。柴火夜里烧完了,不过暖意和一股淡淡的松香还在。索尼娅还在睡,脸上挂着笑容。米沙站在壁炉的灰烬前沉思着。

维克托拍了拍大腿,米沙转头看他,维克托将门推开一些,开口喊它。

"过来。"他低声道。

米沙回头看了一眼死寂的壁炉,摇摇晃晃朝他走来。

"饿了吗?一定饿了。来吧,我们到外面。"

他从购物袋里拿了两条鲽鱼,放在最顶端的台阶上。

"来吧!"

米沙走到台阶上,左右摆头观察周遭。它走下台阶踏进雪里，绕着圈子朝树林走去，但被水管挡住。于是它往回走，在洁白如纸的雪地上留下不规则的几何图案，有如蜿蜒曲折的滑雪道。回到屋前，它绕到台阶旁边，将最高一级台阶当成桌子，开始吃鱼。

看到米沙活力充沛，维克托非常开心。他走回厨房泡茶，接着又到起居室看了一眼。索尼娅还在睡觉，他不想叫醒她。

他端着茶杯坐在餐桌前，身旁窗台上有两瓶樱桃白兰地，一瓶喝了一半，一瓶还没开。浪漫的思绪在寂静中翻腾，再次触及过去与尚未写下的小说。维克托突然觉得自己仿佛身在国外，摆脱了昨日的自己。这个国外是一个清静之地、灵魂的瑞士，覆盖着雪白的宁静，生怕有一丝扰动。这里的鸟既不鸣唱，也不啼叫，仿佛根本不想。

他听见走廊的门发出声响，便过去一探究竟，结果和米沙面面相觑。米沙看见维克托便滑稽地点头鞠躬，好像在说它喜欢这里。维克托心想这里食物充足，天气够冷，很高兴他的企鹅朋友心情愉快。

不久后，索尼娅醒了，屋里的寂静和他的神游物外也结束了。他得先帮她准备早餐，然后处理树的事情。

他花了一个多小时，终于把树立起来。小树虽然装饰着缎带和玩具，但立在踩得脏兮兮的雪里，显得一点也不轻盈亮丽。从头到尾，米沙都一直站在旁边静静看着。

索尼娅走过来，从屋子这边端详那棵树。

"喜欢吗？"

"喜欢！"索尼娅开心地说。

他们参观了小花园，然后就回到屋里。维克托重新生了火，索尼娅拿着她找到的笔和练习本坐在扶手椅上。

将近五点时，天色暗了，屋里很暖，天花板那一盏灯泡晕黄了起居室，谢尔盖回来了。他将两只购物袋扔在游廊，接着回去将车停在别墅后方。

"我帮你带了最新的回来了，"他说着将一叠报纸递给维克托，"我买了两瓶香槟和一瓶胡椒伏特加，御寒用的。这样够吗？"

"很够了。"维克托说着翻开第一份报纸。

银行家遇害

副议长遇刺幸存

头条一下将他拉回现实。他一边浏览两篇报导，一边努力回想。银行家的名字没有印象。他不在缅怀文名单里，然而副议长（只是受伤，但伤在头部）有。

"听着，老友，"谢尔盖说，"我拿报纸来不是让你愁眉苦脸的！"

维克托让报纸滑落到壁炉旁的地板上。"这些用来生火刚好。"他说。

"让我们安安静静过一晚上！没办法静下心读的新闻就不要读！"谢尔盖说完，转头看着扶手椅上的索尼娅问："你在做什么？"

"我在画炉子。"

"给我看。"

谢尔盖认真看了练习本里的图案，接着回头困惑地望着索尼娅。

"火为什么是黑色的？"

"不是黑色，是灰色，"索尼娅纠正他，"因为我只找到一支铅笔。"

"你没有认真找，"谢尔盖说，"好吧，我们明天一起找，一定还有其他的笔——我侄子带来的。"

他们炸马铃薯，准备了一顿大餐。吃完后，他们让索尼娅睡觉。

"我睡不着，"她警告说，"我要负责看火，这样火熄了我就可以喊你们。"

他们让索尼娅待在起居室，两人走进厨房坐在餐桌前，从窗台拿了昨天那两只平底玻璃杯。谢尔盖将杯子斟满，空酒瓶扔在地上。

"再过一天就到了，"他说，"一切又恢复原样，只不过换了一年。"

深夜两点，他们还坐在厨房。为了取暖，电炉开着，红彤彤的。虽然第二瓶香槟也空了，两人却莫名其妙清醒得很。要不是懒得动，谢尔盖绝对会忍不住再去地窖拿酒。

突然一声爆炸震得窗户剧烈摇晃，两人紧张地站了起来。

"要去看看吗？"维克托犹豫地问。

谢尔盖走到起居室看了一眼，索尼娅正在说梦话。炉火已经快烧完了。

"好。"谢尔盖回到厨房说。两人走到台阶，发现米沙站在那里。

"它好像睡着了。"维克托弯身瞧了一眼。

说话声打破了寂静。虽然听不清楚，但声音显然带着警觉。暗处有看不见的人在走动，踩得积雪沙沙作响。相隔一百米的路灯在干道上留下一道道圆锥形的灯光，只让黑暗变得更黑，更无法穿透。

"走吧。"谢尔盖说，语气更坚定了一些。

"去哪里？"

"不会很远。"

他们两人走上划分别墅边界的一条小径，往前走了一百米左右才停下来竖耳倾听。

"在那里！"谢尔盖指着声音的来处说。深夜寂静，说话声更明显了。

两人朝声音走去，看见强力手电筒的光束照在雪地上缓缓移动。

"本地人。"一个带着气喘的声音说。

"是万尼亚老爹，别墅管理员。"谢尔盖低声道。

两人走上前去表明身份。

"怎么了，万尼亚？"谢尔盖问道。

“老样子。”管理员用手上的大型蓄电池手电筒照着雪地上的尸体说。维克托这才发现雪是红的，尸体则少了一条腿和一条手臂。手臂从手肘被炸断，落在不远处，还包着衬衫。

两名男子不发一语站在那边。高个子的穿着运动服，另一人稍微矮一点，留着胡须，穿着羽绒外套。

跑步声由远而近，踩着积雪而来。只见一名身穿迷彩军服的男子拿着自动手枪跑到他们面前停了下来，上气不接下气。

“出了什么事？”那人气喘吁吁问。

“这个，”管理员用手电筒照着趴在雪里的尸体说，“本地人，出来偷东西，结果踩到了地雷。”

“喔，”迷彩服男子放下手枪说，“想要进一步盗窃而死。”

这时，一只狗突然从暗处奔了出来，摇着尾巴冲到管理员脚边兜了几圈，接着闻了闻尸体，然后跑去叼了断臂又冲进黑暗里。

“杜卓克！回来，该死的！”管理员大喊，但空气中只剩沙哑的回音。管理员不再说话。

“要汇报吗？”迷彩服男子问。

“何必呢？”穿着羽绒外套的胡须男说。“我们是来度假的，我可不想做口供把假期搞砸了。”

维克托的腿突然被戳了一下，让他往前颠了一步。他以为是杜卓克埋好明天的早餐回来了，结果是米沙。

维克托蹲在米沙面前。"你怎么来了？"他问。"我还以为你睡着了。"

"那是什么？"迷彩服男子走过来问道。"该不会是企鹅吧？老天爷啊！真的是企鹅！"

"太神奇了，"运动服男子笑着说，"真是太神奇了。"

所有人立刻挤到米沙周围，完全忘了雪地上的尸体。

"它很温驯吗？"穿着羽绒外套的胡须男问。

"不算太温驯。"维克托回答。

"它叫什么名字？"管理员问。

"米沙。"

"喔，米沙，小米沙。"管理员扯着沙哑的嗓子亲昵喊道，接着转身看着凑成一团的其他人说："好了，你们可以离开了。要是肯赏我一瓶酒，我就把尸体埋好。"

"没问题，"穿着羽绒外套的胡须男一口答应，"明天一早拿给你。"

维克托、谢尔盖和米沙沿着小径往回走。

"这里所有别墅都有地雷吗？"维克托问。

"没有，"谢尔盖回答，"我的陷阱就不一样，比较人道。"

"哪一种？"

"船笛，绝对会把全世界吵醒！"

他们踩着积雪沙沙作响，冰冷的星光穿透无边的清朗夜空闪闪发亮。月亮没有出来，天色显得更暗了。

"回来了。"谢尔盖停在台阶前，转头望着维克托和跟在后头的企鹅。"啊,你们把树装饰好了,"他惊讶地说,"我开车经过没看到。装饰得很棒!"

游廊的门嘎吱一声,随即别墅区再度恢复寂静。

房间很温暖,壁炉里的灰烬微微泛红,索尼娅带着微笑熟睡着。

维克托和谢尔盖依然毫无睡意,两人又到厨房把门关上。

# *36*

翌晨，谢尔盖和维克托全力预备新年。首先是去阁楼把古董电视搬下来。两人将电视放在温暖的起居室，插上插头打开电源。巧的是正好在播卡通，索尼娅立刻窝在扶手椅上看了起来。

他们从地窖里搬了一瓶三公升装的腌黄瓜、腌西红柿和腌青椒，接着又拿了两瓶樱桃白兰地和两公斤马铃薯。

"我们现在要做的，"谢尔盖心满意足地摩拳擦掌说，"就是准备肉类和搜集营火用的柴薪。"

时间过得很慢，仿佛这一年突然不急着离开了。

他们把肉切好准备去腌，木柴砍好在树旁堆成完美的小尖塔，其他小差事也忙完了，时间才刚过中午。

天气晴朗但结了霜，米沙站在最上面的台阶看着一小群红腹灰雀在雪上漫步。

"要不要来一杯？"谢尔盖坐在餐桌前提议道，两人倒了樱桃白兰地。

"敬时间，愿时光如梭。"谢尔盖说完和维克托碰了碰杯子。

敬酒果然有用，时间真的变快了一些。午餐后，除了企鹅外，所有人都躺下来休息，即使谢尔盖关掉电视宣布安静一小时，索尼娅也没有抗议。

所有人醒来时，天已经黑了，时钟显示五点半。

"睡得真好！"谢尔盖说着走出屋外，用雪搓了搓他不知道为什么有点肿的脸好振作精神，把脸弄得像龙虾一样红。

维克托也有样学样，好让自己清醒一点。

索尼娅走到屋外，一脸惊奇望着两个叔叔拥抱冰天雪地，接着就回屋里去了。

索尼娅看电视，谢尔盖和维克托玩牌玩到九点，接着出去架好营火，准备新年烤肉。

索尼娅从屋里出来看了一眼，然后问：“企鹅和电视有什么共同点？”

谢尔盖和维克托面面相觑。

"两个都站着睡觉？"维克托猜道。

"两个都是黑白的。"索尼娅说完就关门进去了。

营火熊熊燃烧，谢尔盖将肉用叉子串好，维克托在一旁看着。

"我们要今年吃，还是明年吃？"他开玩笑地问。

"从今年吃到明年，"谢尔盖说，"我买了两公斤肉呢！"

全部准备就绪后，两人便回到起居室陪索尼娅看老电影《钻石胳膊》。索尼娅还没看完就睡着了。两人决定不叫醒她，让小女孩睡到新年快到的时候。他们将餐桌搬到游廊，还有电炉，然后趁着电炉暖和游廊时，在桌上铺了一块旧布并摆好餐具，还在桌子正中央摆了两瓶香槟和一桶两公升装的百事可乐。他们打开鱼罐头，将奶酪和香肠切片，整张桌子看来真的很有过年的气氛。

"米沙也有。"谢尔盖搬了一张杂志边桌进来说。

他将边桌放在他们的桌子旁边，然后拿了一条大鱼。

"可怜的米沙，"他叹息说，"从来不知道热食和烈酒的美味。也许我们应该帮它倒一杯，管他的。"

维克托激烈反对。

"抱歉，我不是当真的。现在几点了？"

"快十一点。"

"这时莫斯科已经在碰杯庆祝了。我们可以就座了，"谢尔盖说，"要叫索尼娅吗？还是先暖暖身？"

"先暖暖身吧。"维克托说完，走到厨房去拿已经开瓶的樱桃白兰地。

暖身完毕，维克托叫醒索尼娅，小女孩要他立刻开电视。主播的声音从游廊上听得很不清楚，却让气氛莫名地热乎了起来。

"它怎么什么都没有？"索尼娅看着站在他们身旁的米

沙问。

维克托钻到购物袋里拿出一个颜色鲜艳、胀鼓鼓的大纸包。

"其实这是新年礼物,"他摸了摸纸包说,"但我们就假装现在已经是南极的新年了!"

结果里面是一个冷冻包裹,必须用刀子才能打开。维克托切开包裹,将里面的东西倒到了边桌的大盘子上。

所有人突然安静下来,看着(忍不住看着)盘子上正在解冻的小章鱼、海星、大王虾、龙虾和其他海产。米沙走到桌旁欣赏自己的礼物,似乎也看呆了。

"你真是太猛了!"谢尔盖低声叹道。"我从来没吃过这么多海鲜!"

"不是我,是她父亲——是他送的,"维克托悄声说,随即转头去看索尼娅有没有听见。

索尼娅没听见。她凑到桌前指着海星。

"这是星星,"她对米沙说,接着又指着龙虾,"我不知道这是什么。"

他们在餐桌前坐下,企鹅不等开动就直接进攻大王虾了。当钟声从起居室里的电视机传来,谢尔盖抓起一瓶香槟,拧松瓶塞摇了几下,瓶塞啵的一声弹了出去,香槟涌入平底玻璃杯中。维克托帮索尼娅倒了百事可乐。

五颜六色的烟火从其他别墅射向天空又往下落,让冬天的夜空时红时绿。除了烟火,还有真正的枪声。

"托卡列夫半自动手枪。"谢尔盖一副专家的口吻。

新年到了。营火熊熊燃烧，照亮了树和装饰，烟火从四面八方射向天空，玻璃游廊上的庆祝也加速展开。谢尔盖和维克托猛灌香槟，索尼娅喝着可乐。暂时被人遗忘的米沙依然站在小桌子旁，刚吃完大王虾的它开始垂涎小章鱼。

营火烧完后，他们将余烬移到铁盆里，接着在上面架了三支烤肉串。

"可是礼物呢，我的礼物在哪里？"索尼娅终于回到了现实。

维克托再次伸手到购物袋里，拿出人类米沙送的两份包好的礼物，还有他自己送给索尼娅的礼物，没包装的芭比娃娃。

"不对，不是这样！"索尼娅说。"要先统统放在树下！"

维克托乖乖地把礼物拿了出去。

"别忘了你也有礼物。"索尼娅提醒他。

维克托走到雪地上，将索尼娅的礼物放在树下，接着回到游廊，伸手到购物袋里摸到了他的礼物，但那东西的形状和重量却让他惊慌失措。他将礼物握在手里没有拿出袋外，另一手拆掉彩色包装纸，摸到冷冰冰的金属。果然没错，人类米沙送了他一把枪。维克托双手颤抖，看也没看就将枪重新包好，拉上袋子拉链。

"好啦，你的礼物呢？"索尼娅喊道。"我们要一起拆礼物啊！"

"我忘记带，留在家里了。"他喊了回去。

索尼娅绝望地挥手，用大人面对小孩顶撞时的目光狠狠地瞪了他一眼。

"真是的！这么大一个人了，竟然会忘记！"

但维克托已经走到谢尔盖身旁了。谢尔盖蹲在铁盆边翻着烤肉串。

"好了，让我们看你拿到什么礼物吧，索尼娅。"谢尔盖喊道。

索尼娅钻到树下坐在雪地上，开始拆纸。维克托走过去弯腰打量。

"这是什么？"他现在镇定一些了，努力装出好奇的样子问索尼娅。

"玩具。"索尼娅说。

"哪一种玩具？弄给我看。"

"会说话的时钟，跟我之前看过的一样。你听。"

"一点整。"一个带着金属腔的女人声音说。

"但我不知道这是什么。"索尼娅摸着第二份礼物喃喃地说。

她从树下钻出来，将礼物递给维克托。

"这是什么？"她问。

维克托接过礼物，里面是厚厚一叠纸钞，用几条橡皮筋捆着。

"这是什么？"索尼娅又问了一次。

"是钱。"维克托愣愣望着那叠钞票，轻声说道。

"钱？"谢尔盖走到他们身旁问。

他弯身细看，随即吓得倒退半步。

"全都是百元钞！"他低声说。

"我可以买东西了吗？"索尼娅问。

"可以。"维克托说。

"电视机？"

"可以。"

"芭比住的小房子？"

"也可以。"

"好，给我，"她说着从维克托手中拿走那叠钞票，"我要放在别墅里。"

她走上游廊的台阶。

谢尔盖盯着维克托。

"是她父亲拿来的。"谢尔盖没有开口，但维克托回答了他的问题。

谢尔盖咬着下唇，回去蹲在铁盆边。

"可惜我没有这样的慷慨老爹。"他低声说。

维克托没听见，他心里被其他事情占据了。人类米沙的礼物意味着责任，至少感觉如此。他想起人类米沙说的"你要用生命照顾她"……胡扯，他想，这是新年恶作剧吧。我为什么需要枪？索尼娅为什么需要一大笔钱？

谢尔盖拍了拍他的肩膀。"听着，"他说，"我知道你在当保姆……现在她会付钱了！"他露出微笑。"烤肉串好了，我们可以继续吃饭……"

维克托很感谢他插话。他走上台阶来到游廊，谢尔盖已经在吃烤肉了。

维克托走进起居室想喊索尼娅，但她已经睡着了，一手还按在钞票上。

维克托蹑手蹑脚走出起居室，将门关上。他回到游廊的座位上，左右张望想找企鹅的身影。米沙就站在稍远处。

"来点伏特加配烤肉，如何？"谢尔盖打开酒瓶问。

"好主意！"维克托举起空杯子说。

两人吃了烤肉，喝了不少伏特加，之后便累得上床去了，倒头就睡。

"三点整。"时钟里的女声说。

# 37

隔天早上将近十一点左右，维克托被敲窗户的声音吵醒。

"你的邻居来了，"一个沙哑但高兴的声音说，"新年快乐！"

维克托走到窗边，看见两个年轻人和几名女孩站在窗外。他觉得那两个年轻人很眼熟，昨天在被地雷炸死的小偷尸体旁边见过他们。两人看起来都很憔悴，至于女孩嘛，也好不到哪里去。

胡须男敲着窗户，高举一瓶香槟说：“嗨！我们能瞧一眼企鹅吗？”

维克托摇了摇睡着的谢尔盖。

"有人来拜访我们了！"

"拜访？"谢尔盖睡眼惺忪地说，但不到两分钟他就完全清醒了。

不一会儿，所有人都在游廊的桌子前坐了下来。屋里食物很多，而外头余烬已灭的铁盆上也还有昨天没烤的肉串，隔了一晚都变成棒冰了。

客人们看够了企鹅，便吃吃喝喝，谈天说笑起来。维克托开始觉得累了，希望筵席快点结束，结果还真的没等多久。其中一名女孩突然醉得大哭大叫，吵着想睡觉，于是那一群访客就匆匆离开了。

谢尔盖按揉太阳穴，一脸暗沉地望着维克托，难过地说："明天得工作。"

这让维克托开始思考。他还不能回基辅，而且现在打电话给总编辑还太早了。

"我可以再多待几天吗？"他问。

"待一辈子都行！"谢尔盖大手一挥说。"我很好说话，而且这样对我更好，就不会有白痴闯进来了。"

那天晚上，虽然谢尔盖头痛欲裂，还是出发回基辅了。

"有什么需要就打电话来。那边有一座公用电话，就在主路尽头，管理员宿舍旁边，"他出门前说，"我会跟警卫说你在这里，但我对那一叠百元钞会稍微小心点……你找个地方藏好吧。"

维克托点点头。

扎波罗热人小轿车发动了，扬长而去。四下又恢复静寂，只有起居室传来微弱的声音。索尼娅正坐在长沙发上开着电视在看电影。

"你的钱是不是应该交给我保管？"维克托坐到她身旁问。

"拿去，"索尼娅将那叠钞票递给他说，"小心别弄丢了。"

维克托将钞票和枪收进购物袋，扔进地窖里。

# 38

接下来几天安静而平淡，只有当地民兵来搬运倒霉遇害的小偷尸体。出于管理员万尼亚的要求，大家都乖乖待在屋里。"我们可不想当证人，是吧？"他这么问，而维克托也觉得如此。

民兵离开后，万尼亚来通知没事了。

"好了。"他说。

"那间别墅的主人不会惹上麻烦吗？"维克托问。

万尼亚老爹咧嘴微笑。

"你说上校吗？他才算逃过一劫呢。他们埋地雷是为了他，不是小偷。很明显不是吗？"他说："这阵子常发生这种事。"

索尼娅几乎都窝在电视机前，只有节日特别无聊时，她才会走到户外或在游廊陪企鹅玩，打发时间。

维克托觉得无所事事实在很难受，他很想做点什么，什么都好，就算再没用处也无妨。他已经将桌子和电炉搬回厨房，但除了陪索尼娅看一下电视和去厨房待着，他真的没事可干，日子过得很悲惨。

最后他终于受不了，便叫索尼娅待在屋子里，出门到公用电话亭打给总编辑。

接电话的是秘书。

"我想找伊戈尔·罗夫维奇。"

"我来接吧，坦雅，"一个熟悉的声音插话说，"你好。"

"是我，维克托，我还不能回去吗？"

"原来你出城了啊，我都不知道，"总编辑佯装惊讶，"当然可以，这里一切都好，你快点来找我一趟吧，我有东西要给你看。"

维克托打给谢尔盖，请他尽快过来接他和索尼娅。

走回别墅路上，维克托心情好多了，虽然新年已过，但他终于有过新年的感觉。同样是踩着雪地沙沙作响，这会儿却很悦耳。他环顾四周，发现许多未曾留意的东西：冬天的树林美得有如雕刻，红腹灰雀在布满猫或狗脚印的雪地上漫步。从他遗忘的心底深处，浮现了多年前自然课的回忆。维克托想起他们学习辨认动物的足印、课本上的插图：野兔的足迹……蹦跳……弹跳……还有他人生中第一位女老师的声音："兔子被追赶时，会弹跳逃脱！"

# **39**

　　维克托将装有钞票和枪的购物袋放在衣柜顶端，让索尼娅和米沙待在家，接着便出门去找总编辑了。

　　总编辑自得微笑，要维克托坐在扶手椅上，泡了咖啡，问他新年假期都做了些什么，很明显就是刻意不提工作。直到喝完咖啡，两人沉默下来，无聊的对话已经耗不下去的时候，总编辑才从桌子的抽屉里拿出一个大信封。他两眼盯着维克托，从信封里抽出几张照片递给他。

　　"看一下，你可能认识他们。"

　　照片是两个衣着讲究的尸体，都是年轻男子，二十岁左右，姿势顺服地仰躺在某人住处的地板上，手臂没有外伸，双腿没有张开，脸上也没有恐惧或痛苦的神情，而是安详又漠然。

　　"你不认识？"

"不认识。"维克托说。

"你是他们的目标……这是证据。"总编辑说完又递了两张照片给他。

维克托看见照片里的自己正坐在哈尔科夫歌剧院的地下咖啡馆，另一张是他伫立街头，也在哈尔科夫。

"不起眼的家伙，"总编辑说，"两人只有一把消音手枪……总之，他们没有找到你，但底片还在哈尔科夫，不知道在谁手上……我不认为他们有寄给别人，但还是小心一点。"

最后，他递了一叠新的缅怀文参考资料给维克托。

"继续悄悄进行你的工作吧。"他说完拍拍维克托的肩膀，就送他离开了。

# 40

一月的冬天非常懒惰，直接沿袭了十二月的积雪。而且多亏了连日霜冻，积雪依然覆盖着大地。店家还挂着新年装饰，但过节气氛已经淡去，只留下人们继续平日的生活，步向未来。维克托正在处理最新的一批档案。现在所有资料都直接由总编辑交给他，费奥多尔新年前就退休了。

缅怀文的目录越来越多。最新这批档案的对象都是大工厂厂长或股份公司的主席，绝大多数被控侵占资金，将所得转往西方银行，有些则贩卖违禁原料或企图将工厂移往海外。信息多如牛毛，幸好总编辑的红笔没有划得通篇皆红。维克托的工作很不简单，不是想不到玄思高论，就是缺乏灵感，每一篇缅怀文都让他在打字机前枯坐几个小时。虽然最后结果总能让他满意，却也让他筋疲力尽，没什么力气陪伴索尼娅或企鹅。因此，再加上索尼娅的坚持，他回家后就买了一台彩色电视机。这会儿他们正坐在电视机前，不过遥控器永远在索尼娅手上。

"这是我的电视机！"索尼娅说，维克托不得不承认，因为他确实是用她的钱买的。

米沙也对电视很感兴趣，有时还会直直走到电视机前，挡住索尼娅和维克托的视线。这时索尼娅就会温柔领它走回卧室，米沙喜欢在卧室镜子前端详自己的身影。维克托很意外索尼娅对付米沙这么轻松，不过其实也没那么意外，毕竟她花在米沙身上的时间比他还多，有几次甚至还一个人带它到鸽舍旁的废弃地去散步。

有天傍晚，门铃响了。维克托从门孔望出去，一名陌生男子站在门外，他立刻心生警觉，想起照片中那两个追杀他的遇害青年。陌生男子年约四十，只听见他叹了口气，又摁了一次门铃。铃声在屏息窥探的维克托头顶上方响起。

在他身后，起居室的门嘎吱一声，索尼娅高喊："有人按铃，快去开门！"

"开门吧，没什么好怕的。"门外的声音说。

"你找谁？"

"找你呀！还会找谁？你到底在害怕什么？我是为了米沙的事来的。"

维克托伸手去开门锁，心想不晓得是哪个米沙，最后终于把门打开了。

一名身穿棉袄、头戴黑色针织帽的男子走了进来。他的身材削瘦，尖鼻子，胡须没刮，从口袋里掏出一张折了两三折的纸，递给维克托。

"这是我的名片。"他咧嘴笑着说。

维克托翻开一读，一股寒意立刻窜上了他的脊椎。是他写的缅怀文，主角是人类米沙的朋友兼敌人，谢尔盖·切卡林。

"你这下认识我了吧？"陌生访客冷冷地问。

"你是谢尔盖·切卡林。"维克托说。他转头看见索尼娅依然站在门边，立刻厉声要她回起居室，接着重新看着切卡林。

"你家里有地方坐吗？我们需要谈一谈。"

维克托带他到厨房。切卡林直接坐在维克托的椅子上，他只好坐到对面。

"我有坏消息要告诉你，"切卡林说，"很遗憾，米沙死了。我这趟是来找他女儿的。她已经没必要躲着了，是吧？"

切卡林的话一点一点慢慢渗进维克托脑中，但米沙死了和这人是来找索尼娅的这两件事就是连不到一起。他伸手按着额头，仿佛那里突然一阵剧痛，却发觉额头冷得像冰一样。

"他是怎么死的？"维克托突然问。他低头望着桌面，神情惊惶。

"怎么死的？"谢尔盖回答。"和其他人一样，是个悲剧。"

"为什么索尼娅必须跟你走？"维克托停顿片刻整理思

绪后接着说。

"我是他的朋友，有义务照顾她。"

维克托摇摇头。切卡林望着他，一脸惊诧。

"不对，"维克托说，语气突然坚决起来，"米沙要我照顾她。"

"听着，"陌生访客疲惫地说，"你想保护她，但恕我冒昧，你搞错了。而且你能证明他真的要你照顾她吗？"

"他留了一张字条给我，"维克托镇定地说，"我可以拿给你看。"

"拿来吧。"

维克托走进起居室，拿起窗台上的一叠纸，翻找米沙留的字条。他在字条上承诺风头一过就会回来。索尼娅和企鹅正聚精会神看着电视上的花式滑冰。正当他回到他们坐的地方时，突然听见前门砰的一声。他走过去厨房探头看了一眼，发现那名访客竟然无声无息离开了，将他自己的讣闻留在桌上。

几分钟后，维克托听见引擎声，便往窗外看。借着街灯，他看见一辆很像人类米沙之前开的车扬长而去。

"那个人来做什么？"索尼娅探头到厨房问。

"来找你。"维克托悄声说道，没有转头看她。

"那个人来做什么？"索尼娅没听见，再问了一次。

"只是来聊天。"

索尼娅又回去看电视，维克托在餐桌前坐下来思考——

思考他的人生和索尼娅在他人生中的分量。虽然感觉微不足道，但他还是得照顾她，为她打算，只不过照顾也只是提供食物和古怪的对话而已。索尼娅在他生命中的意义，就像米沙在他公寓里一样。但当有人想把她带走，警觉还是让他突然生出决心来。他们又谈到了保护和安全，只是他毫无概念。他的生命裂成了两半，一半已知，一半未知。那一半有些什么、包含什么？维克托咬着下唇。他现在最不想碰的就是谜团。总编辑的红笔已经将他调教成遇到任何文字或想法，都从基本事实开始。那天晚上他绞尽脑汁，想弄清楚在他脑中翻腾的那些想法，哪一个如果写成白纸黑字会值得划上红线。

# *41*

说来奇怪，但不到两天维克托就已经忘了谢尔盖·切卡林来访的事了。总编辑客气来电催他的稿子，于是他完全埋头于工作中。完成一篇到进行下一篇前的短暂空档，他会一边喝茶，一边心想应该多关心索尼娅，带她去看木偶戏之类的东西。但这些事都没办法做，得等他更有时间才行。不过，他倒是能做一件事让小女孩开心，就是买很多糖果和冰淇淋。出去购物成为他唯一能呼吸到新鲜冷冽空气的机会。他越常出门，索尼娅和米沙就越开心。不过，索尼娅的开心和米沙的不一样，她能用语言表达。她经常叫他维克托叔叔，让他非常高兴。不过，重点是她不讨厌成天待在公寓里。每到傍晚，当他们一起坐在电视机前欣赏最新一集的墨西哥连续剧时，维克托总是觉得平静愉悦，完全没注意电视在演什么。他很喜欢这个冬天。工作或坐在电视机前很快让他忘了所有坏事。

"维克托叔叔，"索尼娅指着电视问，"为什么亚力杭德拉有保姆？"

"应该是她爸妈很有钱吧。"

"你也很有钱吗？"

维克托说："不算是……"

"那我呢？"

维克托转头看她。

"我说我，我很有钱吗？"她又问。

"没错，"他点点头说，"比我还有钱。"

隔天喝茶休息时间，他又想起这段对话。他不晓得保姆要多少钱，但帮索尼娅请保姆的念头却让他茅塞顿开。

那天傍晚，他的民兵朋友带了一瓶红酒来访。两人坐在厨房，屋外下着湿答答的雪，雪花一片片黏在窗玻璃上。

谢尔盖有点激动。

"你知道吗，有人提供我一个机会，去莫斯科当民兵，薪水是这里的十倍……住也免费。"

维克托耸耸肩说："但你很清楚那里是什么状况，枪击、爆炸……"

"这里也一样，"谢尔盖说，"但我加入的又不是特勤部队……工作和现在的一样……我不知道，也许我该去个一年，赚点钱。"

"随便你。"

"没错，"谢尔盖叹了口气，"你的问题呢？解决了吗？"

"好像是。"

"希望如此。"

"你有没有认识什么普通的年轻女士？"维克托认真问道。"我正在替索尼娅找保姆……有没有什么可靠但收费不高的人选？"

谢尔盖沉吟片刻。"我有一个侄女，今年二十岁，待业中。要我问问她吗？"

维克托点点头。

"你打算一个月出多少？"

"五十元？"

"好的。"谢尔盖说。

# 42

隔天，老企鹅学家突然打电话来。

"是我，皮德佩利，"他虚弱地说，"你是维克托吗？"

"是的。"

"你可以来一趟吗？我身体不舒服。"

维克托立刻放下手边工作，出发到斯维亚托席诺。

老人脸色发白，双手颤抖，眼窝凹陷，眼底皮肤发黄。

"快进来。"老人说，维克托的到来显然让他很开心。

房里很暖，到处是东西。

"怎么了？"

"我也不知道……胃很痛。我已经三天没睡了。"老人
一边埋怨，一边在桌前坐了下来。

"你找医师了吗？"

皮德佩利不以为然地挥了挥手。"找医师做什么？我对

他们有什么用？又榨不出钱来。"

维克托走到电话旁，打了电话叫救护车。

"没必要！"老人又挥手阻止。"他们来了又会走，我了解得很。"

"坐着别动，"维克托命令道，"我去泡茶。"

厨房桌上堆了一叠脏碗盘和吃剩的饭菜，杯子里都是泡水发胀的烟蒂。维克托拿了两只杯子到水槽洗干净，开始烧水。

过了一会儿，茶泡好了。两人默默坐在桌边，都在等着对方开口。老人的脸上闪过一丝嘲讽的微笑，不时瞄维克托一眼。

"我告诉过你，我之前也光彩过。"他摆出训人的架子，声音沙哑而微弱。

维克托没说什么。

后来，门铃终于响了。一名急救人员和一名护理员走了进来。

"病人在哪里？"急救人员一边问道，一边用右手手指拨着刚捻熄的烟头。

维克托朝老人点点头。"是他。"

"您哪里有问题？"急救人员在皮德佩利的脸上扫了一眼。

"我胃不舒服……这里。"

"要给他罂粟碱吗？"急救人员回头问护理员，后者正一脸嫌恶地扫视墙面。

"不必了，给了也没用，"皮德佩利说，"我服过了。"

"嘖，我们就只有罂粟碱了，"急救人员无可奈何地说，"这样的话，我们就回去了。"说完他喊了护理员，两人准备离开。

"等一下！"维克托说。

急救人员回头望着他。"什么事？"

"你们能带他去医院吗？"

"是可以，但谁肯收他？"急救人员叹了口气，似乎真的很遗憾。

维克托掏出五十块。

"真的没有地方吗？"他问。

急救人员不知所措，又看了老人一眼，仿佛在衡量他值多少钱。

"十月医院或许可以吧。"他耸耸肩，面带羞愧地侧身接过五十元钞票，急忙塞进肮脏工作服的口袋里。

维克托弯身在桌上找了纸和笔，草草写下他的电话号码。

"打电话跟我说他在哪里，还有情况如何。"他将纸条递给急救人员说。

"走吧。"对方点点头，闪到老人面前说。

皮德佩利转身摇摇晃晃走进厨房，抖着手拎了一串东西回来。

"老弟，这是钥匙，"他说，"离开前把门锁上。"

急救人员和护理员耐心等候老人更衣，接着便将他带走，感觉很像押解囚犯而不是护送病人。

维克托独自留在陌生的房间里，坐在桌前呼吸杂物和灰尘的味道，以及呛鼻的湿暖空气。他觉得不大舒服。最后他站起身，却又不想走。这间公寓、这个家已经凋敝了，让他真心同情起来。四面墙壁和房里的所有东西都诉说着屋主的无助和彻底的与世隔绝。

他洗了碗盘，稍微整理了房间才离开。他一边心想，这样皮德佩利回来至少可以舒服个一两天，一边将门锁上。

那晚，那位不知道名字的急救人员打电话来。

"老家伙活不久了，是癌症。"他说。

"他在哪里？"

"十月医院肿瘤科五号病房。"

"谢了。"维克托说完挂上电话。

心情沮丧的他回头看了索尼娅一眼。

"我们今天会去废弃空地吗？"她看着他问。

"先吃晚餐再去。"他说完便走进厨房。

# 43

几天后，总编辑的信差又拿了一叠档案来。维克托翻了翻，发现这回要写的都是军方高层。大约二十人要写缅怀文，每一位的生平都穿插着军火买卖，融合得天衣无缝。除此之外所有的人各显神通，甚至利用军用直升机运送非法移民横越乌克兰和波兰边界，或长期出租运输机。他越读内容越黑暗。但这群人有一点特别，让他们和之前的名人不一样。维克托放下档案凝神思索，一边望着窗外的冬景，接着又拿起档案。这些将军、上校和少校都是好先生和好父亲，个个为人正派。

维克托将档案重读一遍，开始有灵感了。他将茶壶放到炉火上，从桌子底下拿出打字机来。

他工作了两小时，直到电话声打断了他。是地区民兵谢尔盖。

"我和我侄女谈过了，"他说，"她很乐意帮忙。方便的话，我半小时后带她过去。"

"很好。"

冬日的夜幕早早地笼罩在城市上空。维克托放下档案，走进起居室坐了下来。索尼娅正在玩芭比娃娃。

"米沙呢？"他问。

"在那里。"

"索尼娅，待会儿会有一个阿姨过来，"他说，"一个年轻的阿姨，她要来当你的保姆。"

他觉得自己表达得很糟，便停了下来。

"她会陪我玩吗，维克托叔叔？"索尼娅问。

"当然。"

"她叫什么名字？"

"我不知道，"他老实回答，"她是谢尔盖叔叔的侄女，我们新年就是去那位叔叔的小屋度假。"

门铃响了。维克托起身看了看表。太早了，他心想，应该不是谢尔盖。但是他没错。

谢尔盖和那年轻女孩在走廊脱外套，谢尔盖说："她是尼娜。"

维克托和她握手，接过她的外套挂在挂钩上。

"她是索尼娅。"所有人到起居室后，他对尼娜说。

尼娜朝索尼娅微微一笑。

"她是尼娜。"他对索尼娅说。

他的舌头又打结了，因为他觉得很尴尬，心里暗自期望小女孩和尼娜能够一见如故，省去他的麻烦，但她们只是面面相觑没有说话。维克托趁机端详尼娜：她个头很小，圆脸短发，头发是栗色的，看起来大约十七岁，紧身牛仔裤凸显她颇为丰满的臀部，蓝色毛衣下是小巧的乳房。她有一种青少年的调调，或许是笑容的缘故，虽然她笑得很节制。不过他很快就发现为什么了：她不想露出泛黄的牙齿。可能常抽烟吧，他想。

"我明天就可以开始。"她突然说。

"我们要做什么？"索尼娅问。

尼娜又露出那五分笑容。"你想做什么？"

"滑雪橇！"

"你有雪橇吗？"

"我有吗？"索尼娅瞪大眼睛，一脸急切地望着维克托。

"没有。"维克托实话实说。

"没关系，我会带，"尼娜立刻接口道，仿佛料到维克托会说什么，"雪橇在我住的波多尔区很好用。"

维克托点点头。

两人讲好她上午十点来，照顾索尼娅到下午五点。

送走谢尔盖和他侄女后，维克托叹息一声。叹气是为了两件事。首先是他很高兴两人虽然在谈工作，却没有绕着钱打转；而且更重要的是，索尼娅终于有保姆了。他对未来更放心，也更轻松了一点。

"你觉得怎么样？"他回到起居室问。

"她还不错，"索尼娅开心地说，"我们再看米沙怎么说！"

# 44

对维克托来说，尼娜的到来解放了他。不是因为他之前花了很多时间在索尼娅身上，包括早餐、晚餐和饭后的电视时间，而是觉得自己突然多了许多时间，虽然不一定是空闲时间，但就是更有时间了，纯粹因为他更少自责，更少想到索尼娅，不再怪罪自己对索尼娅什么都没做。尼娜早上会来找她，两人会一起出门，去哪里他不晓得，直到傍晚索尼娅一脸倦容回来，才会向他吹嘘"我们去了亲水公园！"或"我们去了沃帝萨公园"！

维克托很快乐。工作默默前进着。严冬无情肆虐，米沙又开始半夜在屋里四处游荡，有一回还吓得索尼娅惊声尖叫。那天她睡在长沙发上，一只手垂到沙发外头，米沙碰到她的手臂就靠了上去。

她可能在做梦，突然接触到米沙的体温，让她从恶梦中惊醒过来。

军官缅怀文写完后，维克托决定休息一天，先不要联络总编辑拿档案过来。那天出太阳，早春的雪融也开始了。

索尼娅和尼娜又出门散步了。米沙吃完丰盛的早餐之后回到起居室，站在阳台门边享受严寒。

维克托决定去看老人皮德佩利。

融雪让人行道寸步难行，维克托在往十月医院的路上跌了几跤，最后一次还是在肿瘤科的台阶上。

他很容易就找到了五号病房。病房很大，有如学校的体育馆，但可能因为病床和床头桌轮流并排的缘故，感觉很像营房。没看到护士，病房里弥漫着药物的酸味。有几张病床拉上了隔帘。

他找了好一会儿，总算看到了皮德佩利。皮德佩利躺在窗边的一张病床上望着天花板，感觉头好像小了一圈。

维克托在门后拿了一张沉甸甸的矮凳，走到企鹅学家的病床旁坐了下来。皮德佩利完全没有发现。

"嗨！"维克托说。

皮德佩利转头见到他，细薄发白的嘴唇弯出了一抹微笑。

"你好呀。"

"你还好吧？有没有接受治疗？"

老人微笑不答。

"我忘了带点东西来，"维克托发现隔壁的床头桌上摆了两颗橘子，便歉疚地对老人说，"我竟然没想到。"

"没关系……你人来就很好了，"老人从灰色厚毛毯底下伸出一只手举到脸上，指着双颊的胡髭说，"理发师每周五会来，但只待两小时，我一直轮不到。"

"所以你想剪头发？"维克托很惊讶，因为老人几乎没有头发了。

"我其实想刮胡子。"老人手指摩挲胡髭又说了一次。"之前睡我隔壁的，"他朝右边病床点了点头，"给了我他的刮胡刀，而且是一整组，连刷子都有。但我自己没办法刮……"

"你要我帮你刮吗？"维克托试探地问。

"你方便的话。"

维克托从皮德佩利的床头桌上拿了剃刀、毛刷、小塑料量杯和几样工具，然后站起来说："我去拿点水来。"

他在走廊来来回回绕了两趟，想找护士或医师，但就是没看到半个人。洗手间他是找到了，可水龙头的水是冷的。最后他问了一名病人，对方要他下一层楼到厨房去看看。厨房里一名身穿蓝色工作服的老妇人拿出一只半公升的水壶，从锅炉里倒了热水递给他。

刮胡子花了将近一小时，因为剃刀很老很钝了。他看见老人的脸颊被他划伤了几处，但没有流血。好不容易结束之后，他向其他病人讨了一点古龙水，倒在手上替老人按摩脸颊。皮德佩利呻吟一声。

"对不起。"维克托下意识回答。

"没关系，"老人沙哑地说，"会痛就表示还活着。"

"医师怎么说？"

"把我的房子给他，他就让我再多活三个月，"老人说着又笑了，"但我多活三个月做什么？我又没有要做的事了。"

维克托右手握起拳头。

"他们没有给你服药吗？"他问。

"这里没有药了。自己带药来的才有药吃，其他人只能得到病床和休养。"

维克托沉默不语，让心中的气愤慢慢散去。

"那医师拿什么交换你的房子？"镇定一些后，他问，"药吗？"

"某种美国注射剂吧……"老人一手放在刚刮过胡子的脸颊上。"对了，我有一件事要问你……"他朝维克托靠近，努力侧起身子，"你弯下来一点。"

维克托弯下身去。

"你有房子的钥匙吗？"他低声问。

"有。"维克托低声回答。

"听着，你一定要做到，别让我失望。等我死了，放把火把房子烧了，"老人低声道，"我拜托你！我不想让别人坐在我的椅子上翻报纸，把我的东西统统清到垃圾桶。听懂了吗？那些是我的东西……是和我一起生活的东西，我不想它们离开……听懂没有？"

维克托点点头。

"答应我，我一死就去做。"老人询问地望着他，眼里带着恳求。

"我答应你。"维克托低声说。

"很好，"老人毫无血色的双唇再度抿出微笑，"我之前不是说了，我也过过好日子的，对吧？"

说完他重重叹了口气，再次平躺在床上。

"你走吧，"他沙哑地说，"谢谢你帮我刮胡子，要不然没刮胡子躺着看起来就跟尸体一样！"他说着指了指最近的隔帘。

"那人死了吗？"维克托不安地问。

"今天拉隔帘，明日太平间！"皮德佩利低声道。"你走吧。"

维克托站起身来，低头看了老人一会儿。但皮德佩利凝视天花板，细薄的双唇不停蠕动，仿佛只在跟自己说话。

# 45

隔天早晨一切如常。阳光照亮了窗户，维克托和索尼娅坐在厨房里一起吃煎蛋喝热茶。米沙从天一亮就闷闷不乐，两人怎么哄它都不肯进厨房来用餐。

索尼娅一直焦急地望着窗台上的闹钟，仿佛希望分针走快一点。

九点四十分，门铃响了。索尼娅立刻冲向门口，差点把椅子撞倒了。

尼娜来了。两人兴奋地问候对方，接着尼娜外套没脱就探头到厨房里打招呼。

"你们今天打算去哪里？"维克托问。

"希来兹。先去森林散步，然后到波多尔，去我家吃中饭。"

她恭顺地点点头，露出那藏住牙齿的五分笑容。

"你的小夹克呢？"他听见她在走廊问索尼娅。"接下来是你的小靴子。"

五分钟后,她又探头进来。

"我们走啰。"她说完又露出那半个微笑。

门砰一声关上了。屋里一片寂静,只有起居室传来窸窣声。门嘎的一声开了,米沙走了出来。走廊空空荡荡显然让它心满意足,米沙走到厨房将门推开,在门口若有所思地望着主人,接着走到维克托身旁贴着他的膝盖。维克托伸手抚摸它。

几分钟后,米沙走到碗边回头张望。维克托从冷冻库拿了两条鲽鱼,切好拿给米沙,接着再倒了茶回到座位上。

除了米沙啃鱼的声响,房里近乎沉寂,让维克托仿佛回到只有他们俩时的安静与平和。没有强烈的情感牵系,只有互相倚赖所衍生出的血亲感,仿佛两人间虽然没有爱,却彼此关怀。毕竟就算亲人也不必有爱。照顾和担忧那是当然,但感觉和情感是次要的,只要相处得来就没必要……

米沙匆匆吃完早餐,又回到主人身旁。维克托没想到它这么有感情,不禁伸手抚摸它。米沙靠着他的膝盖靠得更紧了。"你没不舒服吧?"他一边打量它,一边柔声问。

我们这阵子好像疏忽你了,他心想。首先是和索尼娅看电视,现在又有尼娜。对不起,我想你应该很想跟之前一样和索尼娅玩吧。对不起……

维克托在厨房桌前坐了足足二十分钟,不想打断米沙。他一边回想最近发生的事情,一边思考未来。除了新年在夏季别墅虚惊一场，日子似乎过得很平顺。一切都好，至少感觉如此。敬每一回的一如往常。曾经令人毛骨悚然的，如今已是稀松平常，表示人们已经接受并视为常态，照样过日子，而不是随时风声鹤唳。对他们和维克托来说，活下去毕竟才是最重要的，无论如何都要想办法活着。

冬雪继续融化。

下午两点左右，门铃响了。维克托走去开门，心想是尼娜和索尼娅，结果进来的是伊戈尔·罗夫维奇。罗夫维奇猛力关门，脱下外套，没有脱鞋就直接走进厨房。

他脸色苍白，眼袋凸出，完全变了一个人。

"帮我弄点咖啡。"他一屁股坐在维克托的位子上说。

维克托一边弄着咖啡机和咖啡，一边回头看了看总编辑。总编辑似乎在发抖，让他顿时感同身受，但只有一瞬间。维克托开了火，将咖啡粉和水倒进咖啡壶里，放到炉子上。

"那又怎样！"总编辑心不在焉地喃喃自语。"那又怎样？"

"出了什么事吗？"

"没错，"伊戈尔·罗夫维奇撇过头去，"等等……先让我身子暖和再说。"

房里再度陷入沉寂。维克托望着咖啡。泡沫浮现后，他从炉火上拿起咖啡壶，抓了两只杯子倒了咖啡。

总编辑双手捧着杯子，抬头望着他。

"谢了。"他说。

维克托在他身旁坐下来。

"听着，"总编辑突然开口，"我最好什么都不告诉你。这事和你有什么关系？还记得我之前要你低调个一两天吗？"

维克托点点头。

"唉，"总编辑惨笑道，"现在轮到我了。就一两天，等小鬼们把事情处理好，然后一切照旧。"

"我已经把军官的部分都写完了，"维克托说，"就在那里，窗台上。"

总编辑挥挥手表示他没心情管缅怀文。

他喝了咖啡，点了根烟，想找烟灰缸但找不到，便直接弹在桌上。他默默坐了几分钟，沉浸在思绪里。

"你知道，这真的很不好受，自己把自己送到枪口前面，"他叹气说，"非常不好受……你在忙吗？"

"没有。"

"那就好，"总编辑说完一脸认真地望着他，"我想请你帮我到办公室一趟。我会打电话给秘书，让她放你进去，请你帮我到保险箱里把那个棕色公文包拿来。我会给你钥匙。你要是发现被跟踪，就把钥匙扔了，去外面逛到晚上。"

维克托突然害怕起来。他灌了一大口咖啡，抬头望着对方专注的目光，看不出任何思绪或疑虑。

"什么时候？"他走投无路地说。

"现在就去。"

总编辑从皮夹里掏出钥匙给他。

维克托起身要走，总编辑说："等我先打电话。"

他走到起居室去。

"好了。"打完电话，他回到厨房说。

不管积雪有没有在融化，天气冷得要命。维克托缓缓走向电车站，除了冷什么都感觉不到了。他不再害怕，因为身体和心都冻僵了。

一小时后维克托走进报社大楼，前前后后出示了三次记者证给三群特勤民兵检查，才来到总编辑的前台。秘书认得维克托，脸色苍白地朝他点了点头，接着便不发一语打开门锁。维克托走进总编辑室将门关上，发现自己全身颤抖，接着想起自己完全忘了留意有没有被人跟踪，突然害怕了起来。

为了保持冷静，他走到办公桌在总编辑的椅子上坐了下来。保险箱在左手边的矮桌上。他掏出钥匙，迟疑片刻之后将保险箱打开。棕色公文包在下层。他将公文包放在桌上，颤抖再次让他脑袋一片空白。他不想起身离开办公室，仿佛明白外头危机四伏。他又看了保险箱一眼，多消磨一点时间。保险箱上层有一个档案夹，上头摆了几张打字稿。维克托想都没想就伸手拿起最上面一张，立刻发现那是他为钢筋混凝土强化工会理事长写的缅怀文。左上角写了几个字：

批准

一九九九年二月十四日刊

底下是潦草奔放的签名。

他越读越吃惊，心中的恐惧逐渐被颤抖所取代。今天才二月三日！他瞄了其他稿子一眼，证实那些也是他最近完成的缅怀文，而且每一则都标了还没到来的日期。他回到保险箱前，拿出档案夹解开系带。一样是缅怀文，日期比较近的在上面，全都写了"批准"，而且其中一则的日期就是今天，二月三日，底下同样是潦草奔放的签名。他从那叠稿子里抽了几份，最上面一张除了"批准"和一个已经过去的日期外，还多了另一个人写的两个字：

已办

维克托觉得天旋地转，愣愣望着棕色公文包、缅怀文和打开的保险箱，嘴巴里突然涌出恶心的苦味。他从桌上拿起一张纸，发现是写给印刷厂的信，用文字处理器打的，只有签名是手写字。于是他仔细地读。在文稿上写下"批准"的不是总编辑。总编辑的字利落易读，既不潦草也不奔放，但还是有个地方感觉很类似。而他回头看档案夹里那些过期的缅怀文，发现"已办"也是写得歪七扭八，感觉很像冷到手抖写出来的字。

桌上的电话响了，维克托心虚地吓了一跳。他看着电话，希望铃声停止，可是没有。他又开始心惊胆跳，不停左右张望，仿佛想看有没有人在监视他，结果突然发现房门上方支架上的摄相机的镜头正朝下对着他。

维克托将缅怀文收回档案夹，和其他文件一起放回保险箱锁好，然后又偷瞄了一眼监视器。电话已经不响了，但重拾寂静的房间一样令人恐惧。维克托拿起公文包，生怕惊动什么似的蹑手蹑脚离开了办公室。

秘书对着计算机抬起头来，屏幕上是脱逃游戏的画面。她看来神情紧绷。

"好了吗？"她问。

维克托勉强挤出一句"谢谢"和"再见"就离开了。

# 46

维克托对城里的一切充耳不闻，也没有左顾右盼，紧紧抓着公文包的提手直接回家。他的脚知道路。

等他真的回到住处门口了，才发现楼下入口的长椅上有一名身着运动服和羊毛滑雪帽的年轻人一直盯着他。维克托打开房门，站在门口谛听片刻，确定楼下入口没有声音才走进屋里，小心翼翼将门关上。

"怎么样？"总编辑走到走廊上来迎接他，一看见公文包便露出微笑，拿着它走进了厨房。

等维克托脱完靴子和外套，伊戈尔·罗夫维奇已经将公文包里的东西统统摊在桌上了，包括有三叉戟浮雕的绿色护照、几张信用卡、笔记本和收据。

"楼下入口，"维克托说，"有一个小伙子坐在——"

"我知道，他是我们的人，"总编辑头也没抬地说，"这里有东西吃吗？我有点饿。"

维克托认识的那个总编辑又回来了，又变得镇定、自信与无畏，稳若磐石。

维克托打开冰箱拿出半熟干香肠、奶油和芥末，接着走到火炉前。虽然背对着总编辑，他嘴里还是尝到了二手烟的辛辣味。

他点燃瓦斯，听见总编辑起身走进了起居室。水滚了，他听见总编辑在和某人讲电话，但不打算转身偷听。他下意识觉得最好背对着起居室里的一切，不要去看发生了什么，让一切远离他和他的生活。

开门，脚步走动，高脚凳摩擦声，总编辑又回到厨房桌子前。

半熟干香肠已经在沸水里了。

"你手上有现金吗？"总编辑问。

"有一点。"维克托没有回头。

"借我八百元。"

两人默默吃着香肠。维克托不停偷瞄窗台上的闹钟。快四点了，尼娜很快就会带索尼娅回来了。然后呢？总编辑到底有什么打算？躲在这里？藏多久？事情最后到底会怎样？

维克托将香肠一片片沾了芥末送进嘴里，机械式地咀嚼着。他忽然觉得有东西忘了，随即想到他忘了拿面包。但坐在他对面的总编辑吃得很开心，似乎完全不在意。他不像维克托用叉子叉着小香肠片沾了芥末吃，而是整片沾满融掉的奶油，然后送进嘴里。

"茶。"总编辑推开一扫而空的盘子命令道。

维克托泡了茶。两人再次默默对坐着。总编辑若有所思，维克托望着他，想起缅怀文上的那些批注。他很想知道写下"批准"的人是谁，还有为什么，但很确定总编辑绝对不会透露，只会用"你何必知道这个？"的态度打发他，什么都不会多说。

维克托叹息一声，打断了总编辑的思绪。他看了维克托一眼。

"我又有一件事要麻烦你，"他说，"帮我去拿机票。胜利广场十二号窗口，带着八百元去。我会把钱还你的。订票代码五○三。"

天开始暗了。维克托不想再出门，但知道他非出门不可，不管他喜不喜欢。

"好吧。"他说，但动作慢吞吞的。总编辑先是露出诧异的神情，随即疲惫地微微一笑。

维克托穿上外套和靴子。离开那条街时，他瞥见那个穿戴运动服和羊毛滑雪帽的年轻人还在那里。

航空公司订票办公室里空空荡荡，只有一名阿塞拜疆人脸色阴沉地在研究航班时刻表。

十二号窗口是一名年约四十的女士，染成蓝色的头发盘得很高。

"五〇三号。"他说。

"护照。"她头也不抬地说,一边将订票代码输入计算机。

维克托没带总编辑的护照,心情顿时沉到谷底。

"啊!"柜台小姐突然惊呼一声。"不用护照,证件都齐了。算入汇率是七百五十元,现金是八百元。"她指着付款柜台说,依然没有抬头。

维克托递了八张百元钞。身穿蓝色制服的年轻女士点了钞票,再用验钞机扫过一遍,接着转身大喊:"钱收到了,薇拉。"

十二号窗口小姐将机票给他,航线是基辅经拉纳卡往罗马。维克托将机票折好收进外套内侧的口袋。

他回到住处时大约六点,尼娜和索尼娅还没回来,总编辑依然坐在厨房,拿着之前冲的咖啡气定神闲地喝着。

他仔细检查机票,然后收进皮夹。

"没有人来吗?"维克托问。"索尼娅的保姆应该带她回来了。"

"没有,没有人来,"总编辑若有所思地回答,"但我会建议她带小女孩到她家过一晚。"为了强调,他还像智者一样一边点头。

尼娜大约六点半带索尼娅回来,不停抱歉她耽搁了。

"希望你没有太担心,"她还站在走廊,"真的很抱歉,我们在车站送谢尔盖出发,结果耽搁了。"

"我没担心,"维克托说,"不过,索尼娅今晚可以住你那里吗，尼娜？"

尼娜一脸惊讶。索尼娅刚脱完靴子，但还穿着夹克，也抬头望着他。

"当然可以。"尼娜困惑地说。

"等一下。"维克托走进卧房拿了一百元回来。

"这是这星期和麻烦你这件事的酬劳。"

"你要我什么时候把她送回来？"

"明天……接近傍晚的时候。"

尼娜和索尼娅离开后，维克托叹了一口气。他看见塑料地板上有鞋印和融掉的雪水，便先到洗手间拿了抹布擦拭干净，接着才回到厨房。

"陪我坐到一点半，"总编辑轻声说，"我在等车来，但我很累，可能会睡着……你有扑克牌吗？"

时间慢得出奇。天色早就暗了，城里万籁俱寂。他们玩 preferans 纸牌，并记下每一把的输赢。维克托一直输。总编辑边玩边笑，经常瞄闹钟一眼。中途他又点了一根烟。桌子右边角落的烟灰越堆越高，他把它弄成小小的金字塔。

半夜一点半，车子准时出现。总编辑望了窗外一眼，开始算自己赢了多少。

"你欠我九十五元，"他咧嘴笑说，"你会赢回来的。"

他起身穿上外套。

"休个假吧，"他准备离去前说，"风头过后，我会回来，我们再继续合作。"

"问题是，伊戈尔，我做这些到底是为什么？"维克托拦住他问。

总编辑眯眼打量他。

"你还是不要问得好，"他轻声说，"你爱怎么想都行，但千万记住：你一旦搞清楚自己为什么做这个，你就死定了。这不是演戏，是玩真的。只有当你做的这件事和你这个人都不再有用处了，你才会知道事情的全部。"他悲伤一笑。"但我真的希望你安安稳稳的，不骗你。"

总编辑开了门，那个运动服男就站在门口。他朝维克托点点头，接着便和总编辑下楼去了。

维克托将门关上。房里的寂静令人不安。他嘴里还留着苦涩的烟味，让他突然很想啐一口痰，将烟味吐掉。

维克托回到厨房，那里烟味更重，简直像一道浓雾。他打开气窗，感觉冷空气迎面而来。但被灯泡照亮的烟雾拒绝离开，仿佛凝固了似的，就算开了气窗也没有用。维克托拿起窗台上的稿子，将窗户打开。寒风一扫，厨房的门砰的猛力关上。烟雾缓缓散去，寒冷也被空气新鲜的感觉所取代。维克托对风没感觉，只是望着总编辑留在桌上的烟灰尖塔被风吹走，扫到桌角灰飞烟灭，没有留下半点痕迹。

门开了，被寒冷吸引过来的米沙出现在门口。它走到主人身边，抬头望着他。

维克托对米沙微笑，接着又看了厨房一眼，想确定烟味都消失了。他突然觉得灯泡很刺眼，便将灯关了，在黑暗里静静坐着。

# 47

十一点左右，维克托冷醒了。他跳下床跑进厨房关上窗户和气窗，关好又立刻跑回卧房。他穿着衣服在床上躺了一会儿，等身体暖了才又起身。

维克托泡了热水澡又喝了浓咖啡，总算觉得舒服一点，房里也渐渐暖和起来。他想起昨天发生的事：他写的缅怀文被收在保险箱里、上头的批注、航空公司订票办公室，还有玩牌到一点半。感觉不像昨天，而是很久以前，来自遥远的过去。但他突然闻到一丝烟味，所有回忆立刻鲜明地涌了上来。

天气晴朗寒冷，融雪再度被寒冬制止了。

维克托双手捧着热咖啡，不知道自己该做什么。之前的工作都做完了，接下来可能也不会有了，因为总编辑逃跑了。虽然少了八百元，但钱还够用。或许再回头写短篇小说？甚至长篇……

他开始构思文句，想让自己分心，却突然觉得才思枯竭。事实上，他觉得短文已经离他好远、好远，远到他都开始怀疑那是不是自己的过去。也许不是读过就忘的东西，而是他经历过的一部分。

维克托大口喝着咖啡，想起尼娜快傍晚时会带索尼娅回来。现实开始盖过他的思绪。接下来的生活又将回到过去的简单：照顾索尼娅，照顾米沙，然后应该八九不离十，他得找新的工作……还有孤独，和过去一样。

他突然想到尼娜，还有她说她和索尼娅昨天到车站为谢尔盖送行。所以他真的去了莫斯科，没跟他道别就走了。维克托的孤独之墙又多了一块砖头。回到尼娜，她那五分笑容、难看的牙齿和美丽的眼眸。他想不起尼娜的眼睛是什么颜色。

但他为何想到她？维克托再次望向窗外，发现窗上又凝结了新的霜纹。他很快就要四十岁了，而和他最亲近的是一只企鹅。米沙无处可去，又没有思考能力，实在不能算数……至于索尼娅，他完全没想到她，只想到她那一大笔钱，还有她平静地说："电视是我的！"电视的确是她的。要是他们——他、索尼娅、米沙，还有尼娜——他们四个一起去散步，别人一定会说：这家人多开心啊！

他悲伤地笑了，在心中播放着这个从某个角度看来无比真实的甜蜜幻象，想象他们真的坐下来拍一张全家福。

# 48

　　傍晚六点尼娜带索尼娅回来了。她原本想马上走，但维克托简单烫了马铃薯，留她一起吃晚餐。

　　索尼娅表现很糟，几乎没吃什么便离开厨房了。

　　维克托和尼娜默默用餐，不时尴尬地偷瞄对方一眼。

　　"谢尔盖要去很久吗？"他问。

　　"他说要一年，但答应夏天回来待个两天。他母亲还住在这里，现在是我替她买东西。"

　　"她怎么了？年纪太大？"

　　"不是，她腿脚不好。"

　　两人喝完茶，尼娜感谢维克托的招待，接着便起身告辞了。

　　送走尼娜之后，维克托走进起居室。电视开着，但索尼娅衣服没换就在沙发上睡着了。

累坏了，他想。

他帮索尼娅脱下外衣，替她盖了一条毯子。正想关电视，却看见屏幕上一只企鹅动作滑稽地从冰山跳进水里，而旁白则淡淡描述着南极的动物生态。

他转头寻找米沙，发现他站在阳台门边，便过去将它抱起来放到电视机前。

米沙咕咕低语。

"你看。"维克托低声说。

米沙看见同类，便全神贯注盯着屏幕。

他们俩望着企鹅跳水、潜水，看了整整五分钟。节目结束后，米沙冲到电视前用胸口顶了屏幕一下，电视在小茶几上猛力摇晃。

"嘿！你不能撞电视！"维克托扶住电视悄声对它说。

隔天早上，医院来电话了。

"您的亲戚过世了。"一名女性镇定地说。

"什么时候？"

"夜里过世的。您会来领取尸体吗？"

维克托没有说话。

"您会安排葬礼吗？"

维克托叹了口气说："会。"

"我们可以将他安置在太平间三天，"那名女子说，"让您准备葬礼。来领尸体时，别忘了携带证件。"

维克托挂上电话，转头看了看索尼娅。小女孩已经醒了，但盖着毯子睡眼惺忪望着他。

时钟显示八点半。

"你可以再睡一下。"他说完便离开了起居室。

十点钟尼娜来了。她有点感冒，说她们今天会待在家不出门口。

"你知道科学家死后都葬在哪里吗？"

"拜科沃。"

为了御寒，维克托穿得特别暖，穿好便出门去拜科沃了。

到了墓园办公室，接待他的是一名肥胖的老妇人。她身穿红色开襟羊毛衫坐在老桌子前，双手交握拿着一副古董卵石眼镜。维克托绕过房间中央的暖气机，在老妇人对面坐了下来。老妇人戴上眼镜。

"我有一位亲戚过世了，"他开口说，"一位科学家。"

"嗯，"老妇人淡定地说，"院士或学会成员吗？"

"不是。"

"有其他亲戚葬在这里吗？"

"我不知道。"

"所以你需要单人墓地。"她说，但比较像在自言自语。她翻开桌上一本很厚的名册，在某一页上写了东西，接着将册子推给维克托。

维克托将册子拉到面前，在上头读到"一千元"。

"墓地的钱，"她说，随即压低声音，"包括灵车和掘墓费……你也知道现在是冬天，泥土又冻又硬。"

“好的。”他说。

“死者姓名？”

“皮德佩利。”

“明天交钱，后天十一点下葬。来之前先打电话，我会跟司机说墓地的号码。对了，你还可以在这里订一块墓碑。”

# 49

隔天很难熬，感觉是这辈子最难熬的一天，但不是因为他得安排葬礼。他不必安排。拜科沃负责葬礼的夫人艾玛给了他一张纸，上头详细列着葬礼的所有流程，写得清清楚楚：

> 十一点于十月医院太平间等候编号六六—七七灵车，将遗体化妆师（一百元，费用另计）妆扮好的死者送上灵车。死者将穿着原本服装，以平价松木棺下葬。

钱让维克托省却了不少麻烦，却无法卸除心中的沉重。他完全不想回家。尼娜和索尼娅在家里。他早上跟尼娜说他有朋友过世了，她很体贴地说她会待到他回来。

维克托没有返回住处，而是去了波多尔，在巴克斯酒馆坐到接近打烊，喝了三杯红酒。凭着酒精带来的暖意，他在波多尔四处闲晃，直到寒气再度上身为止。

晚上九点他回到家里。

"我煮了汤，你要我帮你热一碗吗？"尼娜问。

晚饭后，他要尼娜留下来过夜，她答应了。

索尼娅在起居室睡着后，维克托在卧房里紧紧抱住尼娜。虽然身上盖了两条毯子，但他还是觉得很冷。他很讨厌她眼中的同情，但只有靠近她才能得到一些温暖。于是他抱得更紧，压迫她的胸膛，想要弄痛她。但尼娜默然不语，只是同情地望着他。她搂着他，维克托感觉得到她的手搁在他背上，但那拥抱显得被动而无力，仿佛只是勾着他。她委身于他，只是一样被动，没有说话也没有出声。维克托还是有一股冲动想伤害她，让她哭出声来，想要抵挡他，但很快就累了，因为没有用。他松开尼娜，躺在她的身旁，闭上眼睛却没有入睡，无法忍受她同情的眼神。他觉得丢脸，对自己，也对自己的愤怒、气恼与恶劣感到可耻。最后他终于睡着了。尼娜躺了很久，睁大眼睛望着他，若有所思，也许在想自己怎么有办法忍受。

隔天醒来，尼娜已经不在了。维克托怕她就这么走了，再也不会回来，便赶忙下床穿上睡衣，冲到起居室一探究竟。

索尼娅还在睡觉。他听见厨房里有声音，是尼娜。她穿着衣服站在炉边煮饭。他觉得自己应该说点什么，或许

175

向她道歉。尼娜转头跟他打招呼。

　　维克托温柔抱着她，低声说："对不起。"

　　尼娜踮起脚尖吻了他的唇。

　　"你几点要走？"她问。

　　"十点。"

# 50

　　灵车一路摇晃得很厉害，虽然司机试着放慢速度，但那些亮闪闪的进口车老是横冲直撞，狂按喇叭，逼得司机一直紧张地望着后视镜。

　　前座坐着两个一脸聪明样的矮小男人，一个穿着羊皮短外套，另一个穿着黑色皮衣，两人都五十多岁。一个是遗体化妆师，另一个是葬仪师，不过由于两人同时出现，一起帮太平间杂工抬出棺材，推上灵车的后座，维克托也搞不清楚哪位是哪位。

　　他一手揽着米沙坐在后座，让它坐着别动。两人身旁就是棺材，只要车子转弯就会嘎吱作响。棺材已经用钉子钉住，盖着红黑两色的布料。

　　他发现那两个矮小男人不时投来疑问的眼神，只不过他们好奇的对象是米沙，而不是他。

灵车抵达拜科沃墓园，在办公室外停了下来。一群老妇人站在办公室外头兜售鲜花，维克托趁司机下车询问墓地号码时，向其中一名老妇人买了一大束花。

墓园里的甬道长得出人意料，两旁的墓碑和栏杆似乎无止无尽，让维克托看得好累。

灵车停了。

维克托起身准备开车门。

"还没到。"司机回头对着透明隔层说。

"你看那边！小心别刮着它们了！"其中一名矮个子男人盯着前面说。

维克托也往前看，只见甬道右侧停了一排发亮的进口车，留下一条很窄的通道给灵车过。

"看来最好绕道了，"司机说，"免得出差错。"

他们倒车绕向另一条路，开了五分钟左右便来到一处刚掘好的墓地。墓地一侧堆着褐色的黏土，还有两把沾满泥巴的铲子。

维克托下车打量四周，发现五十米外有一群人，相反方向则有两名瘦巴巴的墓园工人朝这里走来。两人穿着羽绒外套和长裤，全都破了洞。

"这就是那位科学家？"其中一名工人问。

"把他交给我们吧。"另一名工人甩头说。

他们将棺木放在墓穴旁的地上，其中一人去拿了一捆粗绳，将棺木固定好，准备往下放。

维克托回到灵车，将米沙抱出车外放到地上。捆绳工人狐疑地看了一眼，但没有停下手边的差事。

"可怜的家伙，对吧？"另一名工人问司机。"没有神父，也没有吊唁者。"

司机朝维克托的方向使了使眼色，要工人闭嘴。

棺木放进墓穴后，两名工人转头，一脸期盼地望着带着企鹅的维克托。

维克托走到墓穴旁，将花扔在棺木上，然后又撒了一把土。

工人开始挥动铲子，十分钟内就将墓穴填平了。然后两人拿着在这个通货膨胀的国家已经一文不值的百万元小费向维克托告别，告诉他应该五月来的，那时墓地刚整好。化妆师和礼仪师坐上灵车离开了。维克托婉拒了司机送他到墓园门口的提议，只和米沙留了下来。

米沙僵着身子站在墓地旁，望着附近正在举行的葬礼，仿佛在沉思。葬礼的声音有一点嘈杂，让维克托觉得很烦人。

只有一个哀悼者，感觉很怪。亲戚和朋友呢？难道皮德佩利比他们都活得长？很有可能。再说要不是维克托对企鹅感兴趣，谁会来为他送葬？又会将他葬在哪里？

冷风吹得他双颊刺痛，冻僵了他没戴手套的双手。维克托看了看四周，不晓得出口在哪里，但他并不担心。

"米沙，"他叹了口气，蹲下来看着企鹅说，"我们人类就是这样埋葬死去的同类的。"

米沙听见主人的声音便转过头来，用它那小而忧伤的眼睛望着他。

"所以，我们来找出口吧？"维克托问道，开始认真环顾四周，发现一名男子从另一处葬礼场地朝他们走来。

男子朝这边挥手，但前后左右只有维克托一个人，所以他便静静等着。

男子个子很小，留着胡子，身上一件防风夹克，脖子挂着望远镜。这样的装扮出现在葬礼很奇怪，但他的脸有一点面熟。

"对不起，"男子说，"我刚才在检查这一区，"他拍拍望远镜，"竟然发现一只我之前见过的动物，就想说过来打个招呼。新年在民兵的夏季别墅。还记得吗？"

维克托点点头。

"我叫廖沙。"胡子男伸手说。

"我叫维克托。"

两人握手。

"你朋友吗？"廖沙指着墓地说。

"是的。"

"我们那边葬了三个。"他悲伤地叹了口气说。

他蹲在米沙面前，拍拍它的肩膀。

"嗨,企鹅,你好吗？我好像忘记它叫什么了。"他抬头说。

"米沙。"

"啊，对了，米沙！穿西装的鸟……真帅气！"

他起身回头望着他参加的那场葬礼。

"你知道怎么出去吗？"维克托问。

廖沙看了看前后左右。

"我不知道……但你如果不急着走，要不要等一会儿，我载你一程。我们那边快结束了，神父真是无趣极了，每位死者都讲道半个小时……你在这里等着，那边结束后我跟你挥手。"

大约过了二十分钟，维克托看见哀悼者开始移动了。人群开始解散，亮闪闪的进口车也发动了。他努力寻找胡子男廖沙的身影，但他没有望远镜，眼睛也被凛冽的寒风吹得不停流泪，什么都看不清楚。最后他总算看到有人挥手。

"走吧，米沙。"他说着往前走了几步，接着回头。米沙缓缓跟了上来。

等他们走到堆满花环的三个新坟时，只剩一辆老奔驰还在原地。

"我可以载你们回家，"廖沙一边说一边在墓园里找路，"守灵夜我可不想第一个到。"

维克托欣然接受了，半小时后就回到了他家所在的街上。

"这是我的电话号码，说不定我们还会再见面，"廖沙递了一张名片给维克托，"也给我你的电话号码吧，以防万一。"

维克托收下名片，在仪表盘的便条纸上留下了他的号码。

# 51

快傍晚时，尼娜收拾东西准备离开。

"你不留下来吗？"维克托问。"葬礼完要吃晚餐呢。"

他一脸倦容，语气也不坚决。但她点点头。

"你去陪索尼娅，我来想要吃什么。"她说。

他走进起居室，索尼娅已经把电视打开了。尼娜走进厨房。

"今天播什么？"维克托在索尼娅身旁坐下，这么问道。

"《埃尔薇拉》第五集。"索尼娅立刻回答。

维克托掏出手帕，替她擦了擦鼻子。

正好是广告时间。维克托低头望着地板，避开万花筒般五颜六色的刺眼画面，索尼娅则看得目不转睛。

令人眼花缭乱的广告终于结束，屏幕出现一连串演职人员名单和无精打采、虚弱的开场音乐。

"你还不想睡吗？"他问。

"不想，"小女孩眼睛盯着电视说，"你呢？"

维克托没有回答。节目里的角色说着又甜又腻的拉丁腔，他越听越有气，完全不想融入剧情当中。他抬头寻找米沙的身影，却没见到它。米沙在卧室，像座雕像似的动也不动站在深绿色长沙发后方的小窝里。维克托蹲在它身旁。

"我们还好吧？"他拍拍企鹅黑色的肩膀问。

米沙看了他一眼，接着低头望着地板。

维克托发现自己想起了皮德佩利，想起他帮老人刮胡子，老人交代他而他承诺会做的事。他立刻将回忆收了回去，只是忍不住脊椎一阵冷颤。

一定是在墓园待太久的关系，他心想。

他想起年老的企鹅学家面对即将到来的死亡是多么坦然和轻松。我又没有要做的事了，他说。维克托摇摇头，觉得真是不可思议。米沙见状后退一步，神情警觉地望着他。

我也没有，维克托心想，不过这个错误的想法让他脸上露出歉疚的微笑。

他其实有要做的事。就算没有，也不可能如此轻松对待死亡。他曾在笔记本里这么写着：好死不如赖活着。他曾经为此自豪，不管合不合适都拿出来说嘴，后来就忘了这句话。多年以后，皮德佩利的话深深撼动了他，也让这句话重新浮上记忆的表面。两个人，不同的年纪，不同的态度。

米沙看见主人蹲着不动，一副若有所思的样子，便走过来用嘴巴蹭了蹭主人的脖子。那冰冷又温柔的触碰打断了维克托的思绪，让他回过神来。他叹息一声摸了摸企鹅，站起来走到窗边。

对面街区的窗户有明有暗，宛如空格很多的纵横字谜。这些窗户见证了生命的极度平凡。虽然令人感到哀伤，却被夜色缓和、冲淡了。一股奇特又不太自然的平静，有如风雨前的宁静一般，缓缓在他心里弥漫开来。维克托双掌贴着冰冷的窗台，两腿抵着发热的暖炉，知道这份平静只是暂时的。他站在窗边，默默等它消散。

没多久，他听见轻柔的呼吸声，便猛然回头，只见尼娜站在半明半暗的角落。

"晚餐好了，"她低声说，"索尼娅睡着了，看电视看到睡着了。"

两人穿越起居室。起居室里只剩下角落一盏落地灯，房间非常昏暗。

厨房飘着蒜头和煎土豆的味道。餐桌中央架子上摆着一只盖上的煎锅。

"我看见你有伏特加，"尼娜指着橱柜试探地问，"需要倒一点吗？"

维克托点点头。尼娜拿了伏特加和两只小酒杯，分好肉和煎土豆，然后将酒杯斟满。

维克托坐在他平常的位子，尼娜在他对面。

"葬礼如何？"她问。

"很安静，没有人出席，只有我和米沙。"

"嗯，愿他安息！"她先举杯致意才将酒递到唇边。

维克托也喝了一口。他切好肉抬头看了尼娜一眼，发现伏特加让她双颊泛红，一张圆脸显得更加动人。

他突然察觉自己对尼娜一无所知，不晓得她是谁或来自何方。没错，谢尔盖是她的叔叔，但除了这个人很好交朋友之外，他又对他了解多少？他名字的由来足以让维克托心头一暖。谢尔盖这个名字的故事让他仿佛踏上隐形的基座，将他提升到一种境界，光是讨他喜欢就足以让他对这个人完全信任。

维克托又斟了一些伏特加，举起杯子。

"你跟他很熟吗？"尼娜问。

维克托一饮而尽。"应该是吧。"

"他是做什么的？"

"科学家，在动物园工作。"

尼娜点点头，但脸上的神情显然表示她对死者的兴趣已经结束了。

两人默默吃饭，而且为了表示肃穆，喝酒都没有碰杯。尼娜将用过的碗盘收到水槽里，然后开始煮水。她望着窗外等水煮开，突然面容扭曲，好像哪里疼痛一样。

"怎么了？"

"是这座城市，我受不了了……无名的群众……距离……"

"怎么会呢？"他讶异地问。

尼娜双手插进牛仔裤口袋，耸了耸肩。

"我母亲真蠢，竟然抛下一切搬到这里来……要我才不会这么做！那里有住的地方，还有花园，都是你的。那才是最好的。"

维克托叹息一声。城市出生的他对乡下没什么特别的感觉。

水滚了。

两人再度对桌而坐，隔着沉默陷入自己的思绪中。

维克托困了。他站起身，突然发现双腿好重。

"我去睡了。"

"你去吧，这里我来收拾。"

维克托一躺到床上就呼呼大睡，过了半夜才又热醒过来。他感觉身旁暖暖的，是尼娜背对着他熟睡着。

他一手搭着尼娜的肩膀，再次沉入了梦乡。他心满意足，仿佛所有的疑虑一扫而空。搭在她肩上的手有如通道，让彼此生命的温暖相互交流，让他毫无阻碍地沉沉睡去。

# 52

又是早上。维克托醒来觉得脑袋昏昏沉沉，而且尼娜不在身边。时钟显示早晨八点半。

他经过起居室朝厨房走，索尼娅还没醒。他听见浴室有水声。

他走到炉边去煮咖啡，发现桌上有一个信封。封口黏上了，但没有署名。他将信封拆开，从里面抽出一张折好的纸和八张百元钞。

有借有还，万分感谢。形势回转中，重逢在即。伊戈尔。

信纸滑落地面，他手里只剩八张钞票。

维克托探头到浴室。尼娜还在冲澡，水流让她的曲线更加凸显。看见他僵硬地站在门口，她倒是不怎么难为情，只是有些惊讶。

"有人来过吗？"他问。

"没有。"她说，目光盯着他手上的纸钞。

"厨房桌上怎么会有一封信？"

"我还没进厨房呢。"她耸耸肩说，小苹果般的乳房随之晃动。

维克托关上浴室的门，站在走廊上试图定下心来，但一直被水声打扰。他努力回想昨晚的一切经过，以及尼娜说过的话。说完话他就去睡了，但桌上的信表示显然有人来过。地板上没有痕迹，但物证俱在……

他打开走廊的灯，检视地板上有没有不速之客留下的痕迹，却一无所获。

维克托回到厨房冲了咖啡，在桌前坐下。他想起新年前夕也曾收到人类米沙的字条和礼物。这回完全一样，只不过送来的不是礼物，而是总编辑的信。情势回转中……这表示他很快又会有工作，很快就能见到总编辑，问他用的是哪种投递服务，竟然有他家的钥匙了吗？

钥匙……他起身走到门口转动门把。门锁得很牢。维克托回到厨房。

我可以换锁，他这么安抚自己。他有很多选择，带警报器的、用密码的、电子控制的……他甚至可以装两道锁。这样一来，他的公寓、个人生活及睡眠都会安安稳稳了。

放心之后，他替尼娜冲了咖啡，正想端去给她时，就见她走进了厨房。尼娜穿着他的睡衣。

"我帮你冲了咖啡。"他说。

"谢谢。"她微笑接过杯子，在桌前坐下。

"维克托，"她脸上的神情半是认真，半是恳求，"我想跟你说……"她欲言又止，仿佛在斟酌词汇。"呃，关于我们……我们既然是情侣了……"

她陷入沉默。

"你想说什么？"他问。尼娜的沉默让他惶惶不安。

"关于我的薪水，"最后她还是说了，"这对我很重要……就是我照顾索尼娅的费用。"

"你当然还是会拿到薪水，"他惊讶地说，"你怎么会觉得不会有了呢？"

尼娜耸耸肩。

"你难道不觉得有一点怪吗？我们是情侣，但我又领你薪水。"

他好不容易才用咖啡赶走了脑袋里的昏沉，这会儿突然又回来了。

"没问题的，"他严肃地说，"别担心，付钱的不是我，是索尼娅，是她父亲出钱。"

尼娜一脸尴尬，愣愣望着桌子和面前的咖啡杯。

"别担心，"维克托说，他起身抚摸她湿湿的头发，"没关系的。"

尼娜点点头，但没有抬头。

"我会很晚回来，"他说，"谁来都不要开门。这笔钱先给你……"

他放了两张绿色的百元钞在桌上，接着便出门了。

# *53*

维克托先在城里晃了一下，才搭地铁前往斯维亚托席诺。几次纯属偶然的融雪之后，凛冽的二月又回来了。阳光普照，脚下白雪晶莹剔透，维克托穿着羊皮短外套，插在口袋里的双手都快结冰了。他右手紧抓着几片同样冰冷的金属，是皮德佩利家的钥匙。

这一回寒冷让他的双脚添了翅膀，十分钟便从地铁站走到皮德佩利家。他匆匆闪进房里，甩掉鞋上的积雪，穿过起居室走进厨房。厨房很整齐，只有湿气和塞满东西的感觉让他忆起那一天，他叫救护车将皮德佩利永远带离这里。

空气里不知道有什么，让他打了个喷嚏。

维克托环顾厨房，心想应该让老人在家里过世的。他望着旧家具、指针停止的时钟和窗台上的陶瓦烟灰缸。那个烟灰缸显然没用过,要么老人忘了它,要么是不想砸坏它。

他走进起居室。几把老派的椅子收在圆桌边,一盏有五个磨砂玻璃罩的枝形吊灯垂挂在天花板正中央。面对门是一个五斗柜,上头叠了三个书架。书被相片和剪报挡在后头,墙上也有裱了框的相片,诉说着过往时光。整间房子的摆设都飘着往日的气味。

维克托想起祖母家。父母亲离婚分道扬镳后,他便由祖母一手带大。祖母家在塔拉索夫街上的一栋老房子里,装潢和皮德佩利家一样老式,只不过他当年没有发现。祖母家也有一个五斗柜,只是比较小,而且上头摆了一个玻璃柜,陈列着祖母引以为傲的收藏品:表彰她工作表现的陶瓷花瓶。总共有五六个,上头都用金色墨水小心翼翼、工工整整写上她的姓名和缩写,日期,还有简短的工作事迹。墙上同样挂着裱框相片,场景也是同一个年代,记录着一个不再存在的国家,以及一段才刚挥别便已经显得无比遥远的过去。

他走到五斗柜前,在书架上的相片里看到了皮德佩利。他和一名女子站在一排棕榈树前,相片底下写着雅尔塔,一九六〇年夏。维克托定睛细瞧,皮德佩利当时大约四十到四十五岁,顶着鬈发的女士显然也是差不多年纪。另一张相片只有皮德佩利一个人。他站在游泳池旁,一只海豚从水里探出头来。相片底下写着巴统,一九八一年夏。

过去相信日期。人的一生也充满了日期,赋予生命节奏和递嬗感，仿佛站在某个日期的高峰上，人便能回顾和俯视，见到过去。一个清晰、易懂的过去，分割成一桩桩事件的方块、一条条已知道路的曲线。

或许是在一楼的缘故，尽管房里飘著书霉味，维克托还是觉得安然自得。墙壁和褪色的壁纸、吊灯沾满灰尘的灯罩及成排的相片都让人目眩神迷。

他坐在桌旁，再次想起他的祖母亚历山德拉·瓦西里耶夫娜。年事已高的她经常拿着一张小板凳，坐在房子外的马路旁说：神啊别让我瘫痪，否则生活毁了，老婆也没有了！他那时只觉得好笑，不过祖母虽然老态龙钟，却还是从邻居口中问到了房屋中介的电话号码。于是两个月后，他搬进一间双房公寓，祖母则搬到赫鲁晓夫贫民区的一楼套房，在那里静悄悄地离开了人间。社会保障局派人葬了她，邻居每人出三卢布帮她买了花圈。维克托半年后从部队返家才知道这件事。

他想喝茶，便进了厨房。天色渐暗，他打开电灯，老冰箱瞬间活了过来，让他吓一大跳，便打开看了一眼。冰箱里有生香肠，还有一罐已开封的炼乳。他取出炼乳，在又高又窄的厨房碗柜里找到一个茶包。

虽然在别人家，他还是感觉很自在，只是多了一分不安。他喝了茶，配上已经凝固的炼乳。屋外不时传来行人或车子经过的声响。

他觉得喉咙有一点痒，便又倒一杯茶喝了，然后回到起居室。他开灯朝书房望去，里面全是书架和书柜。他走到书桌前，点亮一盏老旧的大理石座台灯，在黑色皮椅上坐了下来。

书桌上笔记本凌乱散落着。维克托发现台灯旁有一本很厚的日记本，便拿起来翻了翻。里面的字迹小又潦草，夹着许多书签。其中一个书签是剪报，日记就翻开在那一页。维克托靠近台灯。剪报上的新闻是英国赠送乌克兰一个南极工作站，结尾呼吁各界资助：若是缺乏经济援助，乌克兰科学家就无法前往工作站。底下附了咨询电话和银行捐款账号。

维克托心想，南极和乌克兰有什么关系？

他发现日记本还夹了一张邮局汇票收据，便拿起来一看，这一看简直不敢相信自己的眼睛。皮德佩利汇了五百万给"支持南极"活动，以通货膨胀到可悲的币值来看，很可能是他的毕生积蓄。

他放下收据和剪报，开始阅读老人的日记，然而只看懂几个字。皮德佩利的字让他的想法化成了密码，外人完全无法猜透。

不安的感觉又回来了。他指尖发痒，仿佛碰到某种无法理解与解释的事物。

他没有忘记答应老人的事，只是希望暂时不去想它。虽然一路没想，但这终究是他来的原因。他冰冷的手里握着冰冷的钥匙，有如罗盘将他带来了这里。

这会儿他坐在一堆再也不属于谁的物品与纸页之间，置身于一个创造者和主人已经离去的世界。老人不想让外人见到这世界，不希望目睹这个有三四十年历史的舒适小宇宙破败。

他深深叹了一口气，突然很想拉开所有抽屉，翻找五斗柜，看看有没有备忘录之类值得保留的东西。但皮德佩利的小小世界已经冻结，没有给他任何机会。他默默望着眼前的收据、剪报、日记和笔记本。

街道已经安静了。屋里和屋外的沉寂让他开始行动。他将剪报收进外套口袋。

他环顾书房墙壁，但没有碰任何东西。他去厨房瓦斯炉上拿了火柴，并在走廊小壁橱里找到一罐丙酮，然后回到书房。他关起心门不去想接下来要做的事，将丙酮洒在下层书架的书和桌下一叠旧报纸上，然后将半叠报纸拿进起居室，放在餐桌底下，把沾着茶渍的抹布也扔到桌下。接着他放火点燃报纸和其他的可燃物。火焰在书房和起居室嘶嘶作响，但还微弱得不足以吞噬这个行将毁灭的小世界。维克托在五斗柜里挖出被单、枕头套和毛巾，将它们扔进火焰里，连同皮德佩利挂在墙上的雨衣也丢进火中。

灰渣滚滚，空气越来越热，房里都是浓烟与火星，逼得他退到了走廊。

燃烧的噼啪声越来越响，火焰已经窜到桌上，完全吞噬了桌脚。

维克托一边捞钥匙，一边朝门口走去，但又冲回起居室把灯关了。黑暗中火焰发出深红色的光芒，美丽无比，可怕异常。

他走出房子将门锁上。

他绕着街区走了一圈，停在皮德佩利家的窗户对面看着火焰蹿上了天花板。他抬头望向二楼，没有灯亮。二楼住户不是睡着了，就是还没回家。

他又望了一眼窗内奔腾的火焰。

就这样了。维克托实现了诺言。

但他双手发抖，脊椎不停打着冷颤。

他转身瞥见隔壁街上有公共电话，便过去打电话给消防队。

玻璃裂了，仿佛火焰想夺窗而出。一名女子惊声尖叫。五分钟后，维克托听见消防车的警铃声。消防队员出动了两辆车，所有人在现场东奔西跑，拉长水管大吼大叫。维克托看了终将被扑灭的火焰最后一眼，接着便不疾不徐朝地铁站走去。

他嘴里还带着烟味。雪花轻轻落在他的脸上，但还来不及融化便被冰冷的寒风吹走了。

# 54

维克托钻进棉被里，尼娜睡眼惺忪地说："你头发有营火的味道。"

维克托低声应了一句，接着便筋疲力尽转身呼呼大睡了。

他隔天十点左右醒来，听见索尼娅在床边和米沙说话。

"索尼娅，尼娜阿姨呢？"

"她走了。我们吃完早餐她就走了。我们留了一点东西给你。"

他发现厨房桌上摆了两颗水煮蛋，盐罐底下压了一张字条。

嗨！我不想吵醒你。我去谢尔盖母亲那里帮忙，买东西和洗衣服，结束后就会回来。爱你，尼娜。

维克托读着字条，一边伸手去拿水煮蛋。蛋冷了。他泡了茶，开始吃早餐。

吃完他回到卧室。

"你喂过米沙了吗，索尼娅？"

"喂过了。我给它吃了两条鱼，但它好像还是不开心。这是为什么呢，维克托叔叔？"

维克托坐在长沙发上。

"我不知道，"他耸耸肩说，"我想企鹅只有在卡通里才会开心吧。"

"所有动物在卡通里都很开心。"索尼娅小手一挥说。

维克托看着索尼娅，发现她穿了一件新的翡翠色洋装。

"这是新衣服，对吧？"

"尼娜送我的。我们昨天去散步经过一家店……她就买下来给我。很漂亮对吧？"

"对。"

"米沙也很喜欢。"

"你问过它了？"

"对，可是它不开心。也许待在家里对它不好。"

"有可能，"维克托赞同道，"它喜欢冷天，但房里很暖和。"

"也许我们应该把它放进冰箱。"

维克托望着索尼娅身旁的米沙。米沙身体左右轻晃，胸口一起一落呼吸着。

"我们不能把它放到冰箱里，塞不进去。我猜它想要回家，但它的家在很远的地方。"

"很远很远吗？"

"在南极。"

"南极在哪里？"

"地球是圆的，你可以想象吗？"

"像球一样吗？可以，我能想象。"

"嗯，我们站在球的顶端，企鹅住在球的底端，几乎就在我们正下方……"

"它们的脚都悬在空中吗？"

"算是吧，但它们看我们也是脚悬在空中……你懂吗？"

"没错！"索尼娅大喊。"而且我还会倒立！"

说完她背靠长沙发的边缘，试着用头顶起身子，但一直撑不起来。

"我真的会倒立！"索尼娅坐回地毯上说。"只不过我吃完早餐身体变重了，所以撑不起来。"

维克托笑了。这是几个月来他头一回和索尼娅聊得这么轻松自在，没有在心里生闷气，感觉很不习惯。因为他始终记得索尼娅是别人的孩子，闯进他的生活纯属意外，可以说是被扔到他头上的。而他心肠太好，无法将她送到被抛弃的小孩该去的地方。当然，情况不全是这样。他对索尼娅有一种奇怪的责任感。虽然他对人类米沙几乎一无所知，但索尼娅是他身陷险境时托付给他的。要是人类米沙幸免于难，一定会回来接她，但到现在都没有人来。人类米沙没提到索尼娅的母亲，而他的敌人兼朋友谢尔盖·切卡林半真半假想来接走索尼娅，却又不告而别。于是索尼娅便这么待了下来，这会儿坐在他家里，脸上看不出焦虑，也没有倦容。没错，这得感谢尼娜。但没有索尼娅，尼娜也不会出现。他和企鹅米沙将一如往常，生活不好不坏，只是平淡。

尼娜大约三点回到家。告别谢尔盖的母亲之后，她又去了商店一趟，一进厨房就开始放东西。索尼娅喝的凝乳、法兰克福香肠、茅屋奶酪……

维克托走进厨房，尼娜说："你知道吗？谢尔盖今天从莫斯科打了电话回来，他很好。"

她转身吻他。

"你身上还是有营火的味道！"说完她嫣然一笑。

# 55

几天过去了。日子安静而单调，维克托什么事也没做，只换了两个门锁。自己买来、自己组装的满足感持续了几个小时，但无聊的感觉再度浮现。他得找点事情来做，但什么事都没有，而他又不想写作。

"维克托叔叔！"索尼娅站在阳台窗边高兴大喊。"冰柱好像在哭喔！"

融雪又开始了。也该是时候了，都三月初了。

他很期待春天，仿佛温暖会解决他的一切问题。但当他静下来思考，却又发现那些问题根本不算问题。他手上还有钱，何况总编辑的深夜密函又附了一些。衣橱上层的袋子里除了手枪，还有一大捆百元钞票。虽然钱是索尼娅的，但他身为索尼娅的实际监护人，应该有资格动用。

和过去一样，尼娜白天负责逗索尼娅开心。她们两个有时在家，有时出门四处闲晃，留维克托在家，但晚上一定会回来。尽管缺乏爱与激情，但他依然发现自己的臂膀和身体热切渴望夜晚的到来。拥抱、抚摸尼娜，和她做爱，能让他忘记自己。她身躯的温暖似乎正是他殷殷期盼的春天。午夜梦回，当尼娜沉沉睡去，在他身旁规律呼吸，维克托会睁着眼睛，心里充满一种奇特的舒适感，觉得自己过着规律正常的生活，人生所需要的一切（妻子、小孩和企鹅宠物）都有了。尽管这样的组合显然是硬凑的，维克托还是选择闭上眼睛不去看它，以便维持那份舒适感，以及暂时的快乐。可是谁知道呢？也许他此刻的快乐丝毫不比早晨的清醒思绪更虚幻。但话说回来，白天的思绪到了晚上会变成什么？夜晚快乐、白天清醒，如此反复不断，似乎证明了他既快乐又清醒。因此一切都好，人生值得继续活下去。

他正从冰箱冷冻库拿出米沙的早餐时，电话响了。他将几片鱼扔进碗里，走进起居室拿起话筒。

"你好呀！"电话另一头传来熟悉的声音。"最近过得如何？"

"很好。"

"我回到基辅了，"那声音绝对是总编辑没错，"你的休假可以结束啰。"

"你要我去见你吗？"

"不必这么浪费时间。我派信差过去，把你完成的作品交给他，他会把新资料给你。你会在家吗？"

"会。"

"太好了！对了，你这次休息可是带薪假，即使你不是
工会成员也一样。改天见啰！"

维克托泡了咖啡，默默享受屋里的宁静——尼娜和索
尼娅去沃帝萨公园看雪花莲了。这份宁静让他得以坐着啜
饮咖啡，思索这份宁静，甚至坐着什么都不看不想，只是
喝着咖啡，沉浸在咖啡的芬芳中，将扰人清静的思绪挡在
门外。

然而，他喝着浓咖啡，突然感到一股焦躁。这时米沙
掉了一块鱼在地上，把他吓了一跳，猛然转头看它。

咖啡的芬芳不再重要，他心里的焦躁加深了，不安的
思绪开始射出接二连三的问题朝他攻来。

接下来呢？继续再写缅怀文？回到那些划满红线的生
平事迹，而故事中人完全不晓得自己的讣闻已经备妥了？
偶尔到总编辑的圣殿里喝咖啡，重新感受他的和颜悦色与
歪斜圆润的字迹？感受他的简洁扼要，还有他对"已办"
两个字的执著？那两个字整整齐齐、不屈不挠反复出现在
一份份缅怀文原稿上，而那些缅怀文已经发出通告，告诉
读到的人下一个生命即将告终，即将拥有长长讣闻的不幸
者是谁。

这种新文体是他的发明，就这么存活下来了。许多文
中的主角却没有。但无论他有多渴望得到别人的肯定，多

希望大喊"这是我写的!","一群老友"的匿名特质才是他最需要的。他发现"一群老友"不只包括他,总编辑也是朋友之一。另外还有一个,也许是最重要的朋友,他那大胆豪迈的字迹出现在每篇缅怀文上,核准维克托的作品。虽然他不晓得那人批准的是内容还是文中主角,但那人还加了时间,显然是刊登日期,而且显然是在文中主角还在世时就决定好了。死亡根本是计划经济!

不,那人核准的不是他的文笔或哲思,也不是他对那些名人生命中的巨大转折所做的贴切描述,而是那些名人。那家伙在决定那些人还能活多久。而总编辑在这件事里的地位出奇的小,只是介于信差和查票员之间的角色。当然,他还负责按照流程刊登缅怀文,但就连这件事现在看来也没什么,跟维克托的地位(他还不知道自己到底是什么角色)差不了多少。

维克托忽然想起一件事,完全和刚才的思绪无关,让他分了心,整个人只觉得毛骨悚然。就在他似乎搞懂这一切是怎么回事的此刻,维克托又回到了原点,回到最初的难题,其中包含两个已知和一个未知。他想到的事情是总编辑前往机场那天晚上,车在楼下等,他试着刺探总编辑时,总编辑的回话:只有当你做的这件事和你这个人都不再有用处了,你才会知道事情的全部。

维克托那时以为他和总编辑不会再见了,因此自然认定工作也到此结束,只是他在总编辑保险箱里发现的谜题依然困扰着他。不过到了隔天，这件事就像被时间带走了一样，成了遥远的过去。他在心里将那个谜题和新的处境隔出一段时间距离，使得他尽管是当事人之一，却对谜题不再在意。他心想，与其知道真相，不如赖活着，更何况事情都过去了。

没想到事情根本还没结束。一切还在进行，他还要工作，还要特别留意画红线的部分。

追究这一切到底是怎么回事值得吗？值得拿安稳的生活（虽然有点怪）和平静的心情冒险吗？他还是得写缅怀文，还是得让自己有用才能活着。

他又想起总编辑临别前的那番话。

管他的，维克托下了决定。什么都不要想最简单。

他从窗台拿起写完很久的将领缅怀文，翻了翻人名和自己写的内容。

这些军官的遭遇对他有什么影响？那个神秘人物又定了这些将领要在什么时候离开人间，何时刊登讣闻？有讣闻就表示那些有钱人注定要死。

如果工作才能保住小命，那就工作吧。总之他最好跟事实真相保持距离，别做傻事，例如想销声匿迹或躲到其他城市，而是实现尼娜的梦想，在乡下买一间小房子，他们四人一起搬去那里过着幸福快乐的日子，他继续写缅怀文，写完寄到基辅，就像某人离开了面目全非的故乡，在外地写信回去一样。

正想到这里，米沙将头靠在他的膝上，吓了他一跳。他低头望着米沙，伸手轻轻抚摸它。

"你想搬到乡下吗？"他问米沙，随即为了这件事的不切实际而露出苦笑。

# 56

仿佛为了证明昨天是休假的最后一天，维克托一早就坐在打字机前，一边喝着咖啡，一边努力思考，等着新的缅怀文在脑中成形。索尼娅坐在桌子另一边，拿着铅笔和毡尖笔在画图。尼娜出门了。虽然她没有留字条，但他并不担心。她不会离开很久的。

信差昨晚送来的新文件夹里除了几名卫生部官员的档案之外，还有一个"休假薪资"袋，至少那张跟着五百元钞票装在信封里的纸条上是这么写的。这笔钱让他的创意活跃了一些，但进展还是慢得离谱。文字拒绝列队成行，句子零碎分散，只好用叉号全部划掉，重新来过。

"我画得像吗？"索尼娅突然拿起自己的画作问道。

他定睛细瞧。"你想画什么？"

"米沙呀！"

"我觉得，"他沉吟道，"比较像小鸡。"

索尼娅皱眉望着自己的画，随即将它扔在地上。

"别生气，"维克托哄她，"你应该从写生开始。"

"那要怎么做？"

"坐在米沙面前，一边看它一边画，就会画得像了。"

索尼娅很喜欢这个建议，便拿起铅笔和毡尖笔，跟维克托要了几张白纸，然后离开厨房去找米沙。

维克托继续工作，最后终于把第一份缅怀文写完了。写完后，他揉着太阳穴，心想自己显然生锈了。

有人敲门。

应该是尼娜，他想。窗台上的闹钟显示将近中午。

一分钟后，尼娜探头进来。

"嗨！"她笑得很灿烂。

维克托有些冷淡。

"发现了吗？"

维克托又看了一眼。同样的牛仔裤，毛衣也很眼熟，没什么变。

他耸耸肩望着她，神情有些困惑，接着又更仔细打量了她一眼。

"怎么样？"她追问道，脸上依然挂着笑。

"你的牙齿！"他惊呼道。

没错，她的牙齿洁白整齐，看不到一丝黄斑，笑起来跟洁牙粉广告上的模特儿没两样。

维克托也笑了。

"终于!"尼娜赏了他脸颊一个响吻。"我等了一个月。四百元,我其实可以不用等的。我只花了八十元……"

索尼娅拿着一张纸跑进厨房。"尼娜你看!我画了米沙!"

她拿给尼娜看,尼娜蹲下来仔细看着索尼娅的画,然后拍了拍她的背。

"画得真棒!"她说。"我们可以把它裱起来,挂在墙上。"

"真的吗?"索尼娅一脸兴奋。

"当然,这样所有人都看得见。"

维克托也看了一眼。索尼娅的画抓到了一点企鹅的神髓。

"好了!"尼娜起身说。"我想我们今天中午都很有资格吃大餐,赶快把厨房收一收吧!"

索尼娅拿着画回起居室,维克托跟在后头。

尼娜已经像这个家的女主人了,他想。但他一点也不生气,反而觉得高兴。

# 57

春天第一道细雨来了。中庭的雪几乎都融了，只有树丛下还留着冰冻的雪堆，宛如冬天的残兵败将。再过几天，草地的新叶就会从温暖的土壤里冒出来了。

维克托坐在餐厅桌前，椅子面向窗户，他望着中庭，看得忘了手边的茶和越来越冷的房间。他期待着春天的温暖。虽然那对他的生活几乎不会有任何影响，但他望着阳光穿透灰白相间的薄云时，心里还是浮现一股模糊但毫无根据的希望，让他露出了愉悦的微笑。

最新一批缅怀文已经写好收在桌上的档案夹里。他可以打电话给总编辑，跟他说文章写好了，但也可以多等一天，暂时不急着接下去工作。

他将思绪从细雨中收了回来，心想下一批缅怀文提到的名人会是谁。航天员？还是潜艇兵？

他已经习惯收到的资料里提到的人都先按兴趣或职业分好了，例如军人、卫生官员或议员，不再觉得古怪。他刚开始做这份工作时买了一册笔记本，不过在总编辑叫他不用再自己找人来写之后就束之高阁了。维克托不再从报纸上寻找大人物，而是完全利用现有的半成品，也就是他拿到的详尽档案来写缅怀文。这么做虽然简单，却也比较可疑。他越做越疑心，直到前阵子他终于百分之百确定这些缅怀文根本就是犯罪计划。不过，察觉这一点丝毫没有影响他的生活与工作。尽管他会不时想起，却发现每天这样比较轻松，因为他知道这样的生活不可能改变。他现在骑虎难下，只能拖着直到撑不住为止，所以他就撑着。

起居室的电话响了，不久尼娜探头进来。

"找你的，维克托。"

维克托走过去拿起话筒。

"你是维克托吗？"一个陌生的男人声音问道。

"是。"

"是我呀，廖沙，还记得吗？在墓园载你一程的那位。"

"喔，嗨！"

"有一件还满要紧的事情。我再过二十分钟会到你家外头，你看到我就下楼来找我。"

尼娜见维克托讲完电话依然一脸困惑地拿着话筒，便问："谁啊？"

"认识的人。"

"索尼娅和我在学认字，对吧，索尼娅。"

"对呀！"小女孩拿着书坐在长沙发上说。

维克托听见有车停在楼下，便穿上夹克下楼去。

"进来吧。"廖沙说。

车门砰的一声关上，车里很冷。

"那企鹅还好吗？"廖沙摸摸胡髭亲切地说。

"还好。"

"是这样的，"廖沙表情严肃起来，"我想邀你和那小家伙到一个地方……不是很愉快的场合，但有钱拿。"

"什么地方？"维克托淡淡问道，觉得有点好奇。

"我朋友的老板死了，葬礼安排在明天，想想也知道场子办得很大。青铜把手的棺材，贵得很。我跟他们提到过你的企鹅，他们都有印象……所以就决定邀你们来参加。"

"为什么？"维克托一脸惊讶地望着他。

"该怎么说呢……"廖沙咬着下唇沉吟道，"他们想要来点特别的……觉得来只企鹅应该不错。算是报复。企鹅生下来就穿着西装，不是吗？又黑又白的……你可以理解吗？"

他懂，只不过感觉很像一个愚蠢的玩笑。

"你是认真的吗？"他瞪着廖沙问，对方给他非常严肃的表情。

"愿意花一千元雇一只企鹅应该算认真吧。"廖沙挤出笑容说。

维克托总算相信对方是认真的了，但他老实地说："我不太喜欢这个点子。"

"说实话，这由不得你，"胡髭男廖沙说，"你不能拒绝这个提议，死者的朋友可能会不高兴……别给自己找麻烦。我明天十点左右来接你。"

维克托下了车，看着车子消失在转角，朝马路驶去。

回到住处，他将自己锁在浴室里。水哗啦啦流着，他站在镜前凝视自己，仿佛在端详一张相片，并努力要记得照片中的人。

# 58

隔天，廖沙开着那辆古董进口车载着他们来到了拜科沃墓园。维克托和米沙坐在后座，他们一路都没开口。

到了墓园入口，一名身穿迷彩战斗服的年轻男子拦下他们。他弯腰凑到驾驶座窗边，接着点了点头，挥手放行。

纪念碑和栏杆在窗外匆匆闪过，维克托觉得一阵不舒服。

前方的路被一排停着的进口车挡住了。

"我们得走一小段路。"廖沙转头对后座的维克托说。

廖沙从置物箱里拿了望远镜挂在脖子上，接着便下车。

晴空万里，阳光普照，鸟儿很不识相地愉快鸣唱。维克托环顾四周。

他们缓缓经过那一排崭新炫目的进口车，走向等待葬礼开始的人群。

他们一边走着，维克托问："你为什么要带着望远镜？"

廖沙稍微走在前面，回头看着维克托。

"你有你的工作，我有我的任务，而我的任务就是提供保护和确保秩序，不让任何人弄坏了——"他说到这里立刻改口，"好维持秩序。"

维克托点点头。

那群穿着讲究、一脸肃穆的男士见到他们便让出路来。

他们在墓地旁开着的棺木前停了下来。棺木里躺着一名年约四十的男人，灰色头发，金框眼镜，时髦的西装上撒满了花，直到胸口。

维克托紧张地左右张望，发现廖沙不见了，他和米沙身旁都是陌生人，个个神情肃穆，似乎毫不在意他或企鹅。

神父站在棺首，翻开圣经对着自己的胡子喃喃自语。他身后站着一名身穿法衣的年轻小伙子，显然是助理神父。

维克托很想闭上眼睛直到葬礼结束，但空气仿佛通了电，不时就让他的脸和双手感到一阵不舒服的刺痛，恼人又让人清醒。于是他和企鹅一样，都默默站着。葬礼继续进行。死者一边眉毛上黏着一张纸条，上头是十字架和古教会斯拉夫语经文。神父将圣经翻到下一个标记处，接着又用紧绷的男中音闷闷地引述经文。所有人都低下头，除了米沙的姿势和之前一样，歪头望着墓穴。

维克托低头瞅了它一眼。

他们是葬礼的一部分，他和米沙。

两名西装光洁笔挺的掘墓工人用绳索将棺木缓缓垂下，

215

在场的哀悼者全都活了过来，泥土沙沙撒在棺木上有如鼓声。

这时，在场者似乎才注意到维克托和米沙，不时飘来好奇的目光，也许还带着几分哀伤。

"家属想邀你一起守灵，"廖沙走过来说，"只有你，企鹅不去。今天傍晚六点，莫斯科饭店的餐厅。然后有人要我拿这个给你。"

他递了一个信封给他，维克托机械地收进口袋，什么也没说。

"你先回车上，我一会儿就过去。"廖沙又补了一句，说完就一溜烟走了。

维克托环顾四周，发现有一个小老头正在拍摄葬礼。

维克托走到米沙面前蹲下来说："嘿，我们回家好不好？"但米沙眼神漠然，让他有点难过。

三人开车回家，依然一路沉默。

分别前，廖沙在车里喊："记得要来守灵喔！"

维克托点点头，车就开走了。

"去他的守灵！"他怀里抱着米沙，心里这么想。

# 59

那天傍晚索尼娅上床后，维克托和尼娜坐在厨房里喝酒聊天。他跟她说了企鹅参加葬礼的经过。

"那又怎么样？"尼娜不以为意地说。"有一千元可拿，有什么好担心的？"

维克托沉默了好一会儿，之后才说："我不是……那笔钱不是小数目……只是感觉很怪……"

"那你也许可以加我薪水，反正米沙也开始赚钱了，"尼娜笑着说，不过语气很正经，但随即柔声道，"反正我拿到钱也是花在你们身上。我帮索尼娅买了一双小靴子……"

"拜托，别再说那是薪水了，"他叹了口气说，"我每天早上会给你一点钱，用完就跟我说。"

他看着她摇了摇头。

"怎么了？"

"没什么，只是你有时真是个乡下女孩。"

"我是在乡下出生的呀。"尼娜一口承认，随即又笑了。

"好吧，我们去睡吧。"他从桌前起身说。

隔天早上，他被尼娜摇醒。

"什么事？"他睡眼惺忪地问，完全不想起床。

"厨房里有一个袋子，"她显然很担心，"你快来看。"

维克托下床套了睡衣，摇摇晃晃走到了厨房。

桌上果然有一个袋子。又来了，他疲惫地想。

他走到门边检查。门锁得好好的。

维克托回到厨房，小心翼翼隔着袋子摸了摸，感觉里头好像是瓶子，于是胆子便大了起来，将袋子打开。

五分钟后，他看完袋子里的东西，大声喊了尼娜。

尼娜一走进厨房便愣住了，不可置信地望着桌上的东西：一盘鱼冻、用保鲜膜包着的餐厅肉类拼盘、新鲜西红柿、一块肉和一瓶斯米尔诺夫伏特加。

"这些是哪里来的东西？"

维克托做了个鬼脸，指着盘缘那几个代表"乌克兰餐厅"的蓝色缩写字母。

"那里有一张字条。"尼娜指着瓶子说。

酒瓶的瓶颈上用胶带贴着一张折着的字条。维克托拿下来读了，上头写着：

别再这么做了，兄弟。死者为大！这些东西是亲戚送的。敬我们对亚历山大·萨夫罗诺夫的回忆吧。

　　后会有期！廖沙。


　　"谁的字条？"

　　维克托将字条递给她。尼娜读完，抬头看着他，还是摸不着头绪。

　　"你做了什么？"

　　"我没去守灵。"

　　"你应该去的。"她默默说道。

　　维克托恨恨地看了她一眼，接着便走进起居室，从羊皮夹克里摸出廖沙的名片，抓起话筒拨了他的号码。

　　铃声响了很久都没有回应。

　　后来电话终于被人接了起来，一个带着睡意的低沉声音说："喂？"

　　"廖沙吗？"维克托冷冷地说。

　　廖沙显然还在宿醉，口齿不清说了什么。

　　"我是维克托。听着，你玩什么特技，把袋子——"

　　"特技？你真的是维克托？企鹅还好吗？"

　　"听着，那个袋子为什么会跑到我家厨房？"维克托气冲冲地问。

　　"为什么？因为亲戚交代的……有什么问题吗？"

　　"问题在于它是怎么开门进来的！"维克托几乎是用吼的了。

"轻松点，我听见了。但我现在头很痛……你问是怎么开门进去的？你都几岁的人了？让我们为了萨夫罗诺夫干一杯吧。我嘛，我也得清醒清醒，不过还是想再多睡一点。你干吗把我吵起来？"

他说完就挂断了。

维克托摇摇头，为自己的无能与无奈懊恼不已。

"维克托！"尼娜在厨房喊他。

"来了。"

餐点已经摆好了，外加两个盘子和两只伏特加杯。

"何必浪费好东西呢？不如趁新鲜吃了……坐吧，索尼娅！"她朝走廊喊。"来吃吧。我们一定要敬这位先生，不敬他说不过去。"说完她转头望着依然站在桌边的维克托。维克托顺着她的目光看去，伸手拧开了斯米诺伏特加。

"你看我画了什么！"索尼娅拿着一张纸走进厨房，递到尼娜面前。

尼娜接过那张纸，将它放在冰箱上。

"我们先吃东西，然后才看你的画。"她用女校长的口气说。

# *60*

一天过去，信差送来了新档案，维克托再次坐在打字机前。春光明媚，虽然室外依旧严寒，但金黄的光线不仅洒满了餐桌，连空气也温暖了起来。工作和久违的温暖舒解了近来的重担。尽管已经发生的依然存在，但用文思哲理装点划了红线的事实还是给了他一个出口，让他暂时摆脱了苦恼，遗忘让他意识到自己无能为力的一切。

喝咖啡休息时，维克托忽然想起不久前曾为一位萨夫罗诺夫写过缅怀文。那人究竟是何来历，又有什么丰功伟业，他已经忘得一干二净，但他敢说这人就是他和米沙几天前才去送葬的那个萨夫罗诺夫。当然，他不能完全肯定。但那场葬礼显然配得上一篇讣闻，他的揣测应该是对的。

他想到自己写了讣闻之后又去参加了葬礼，好像督察去检查是不是真的举行了葬礼一样，脸上竟然浮现了微笑。

尼娜带索尼娅去第聂伯河散步了，因此不会有人打扰他工作，而且这天他工作得很顺。写完后他重读一遍，觉得很满意，随即开始编造其他人的死讯。

完成四份缅怀文后，维克托眯眼望着窗外的太阳，起身走到火炉边将茶壶放在炉子上，开始在屋里走动。米沙站在阳台门前，仿佛期盼外头一片冰天雪地，维克托走到它身旁蹲了下来。

"我们都好吗？"他说完好好端详了企鹅一番，接着替它回答："我们很好，非常好。"说完便直起身子。

他发现墙上多了两幅裱框画，便走过去瞧瞧。其中一幅是米沙的画像，看起来很眼熟，另一幅则画了三个人和一只很小的企鹅，并且歪歪斜斜写着：维克托叔叔、我、尼娜和米沙。不过，叔叔被改成了爸爸，尼娜被改成了妈妈，显然出于尼娜之手。尼娜的字很工整，很像女校长，底下的签名也好像老师在批改作业，只差没有分数而已。应该是八分吧，因为错了两个地方。

那幅画让他脊背一凉。他不喜欢尼娜的订正，感觉很像一种侵犯，对原本的字和对现状都是。而且那幅画挂得很高，索尼娅必须站在椅子上才看得见，表示那些字是尼娜为了自己和为了他而改的。

尼娜似乎也在假装他们是一家人，或许和他一样幻想他们是一体的。只是这个幻想每天都被索尼娅在不经意间轻轻敲碎，因为她要么不认得爸爸和妈妈这两个词，要么就是根本不会用在他们身上。

索尼娅比他们都贴近现实。她太年轻，还不会自己编造一个复杂的世界，又太直接，还不懂得质疑两个大人的想法与感觉。

她难道不想自己生一个小孩吗？维克托的思绪又飘回尼娜身上，心里不安地想着。一个一辈子都会喊她妈妈的孩子。做起来并不难……

可是，维克托转念又想，他想要为人父亲了吗？他原则上不反对。他有钱、有工作，什么都不缺，连年轻漂亮又有母性的女孩子都有了。这当中没有爱情。爱不是重点，反正日久生情。也许只要搬到乡下，住进空间宽敞、设备齐全的双层房子里，有办法让房子亮得像根蜡烛就行了。

维克托想甩掉这个蠢念头似的，摇了摇头。

# *61*

三月带来了温暖。太阳有如勤勉的看护者，每天一早便爬上天空，绽放最强烈的光芒。

维克托正在处理最新一批档案。他不时稍事休息，冲咖啡拿到阳台品尝。米沙偶尔会跟着他，似乎也很爱享受阳光。

他会在阳台待五分钟，然后回到厨房继续对着打字机敲敲打打。

他的晴朗心情跟缅怀文的诗意哀愁一点也不冲突，就连他最近又去了一场携带企鹅参加的葬礼，为素昧平生的死者守灵，也没坏了他的心情。不过怪归怪，那场葬礼倒是没那么糟。两百多名哀悼者没有人特别注意维克托，除了（还会有谁？）坐在他身旁的廖沙。但廖沙很快就喝醉了，将盘子推开，一头倒在桌布上呼呼大睡——应该说餐巾比较合适。

　　没有人发言。衣着讲究的宾客围坐在两张长桌前，交换公式化的哀伤神情，端起伏特加彼此敬酒。这种沉默的互动，维克托学起来一点也不困难。他举起酒杯微微低头，用真诚的悲伤神情望着对座的宾客。他的难过不是伪装的，但跟死者无关，纯粹是这种场合的气氛使然，尤其在座的几乎都是男性，更让气氛显得凝重。维克托环顾左右，确实见到几位女士，但顶多三四位，都是年长女性，而且哭得呼天抢地，现场气氛哀戚都是因为她们。

　　后来，维克托被安排上了其中一辆等在餐厅外的车子，跟另外三人同车。那三个人没有自我介绍，只问维克托住在哪里和吩咐司机往哪里开，感觉就像超级夜间快递服务。维克托大约一点回到家，米沙在走廊等他。

　　"你怎么还没睡？"他醉得乐呵呵地问，"快去睡吧，不然明天又有人找我们去墓园怎么办？"

　　维克托敲着打字机享受风和日丽的日子已经过了一周。生活感觉轻松自在，只是偶有痛苦，对自己陷入如此丑恶的勾当感到顾虑。但在丑恶的世界谈什么丑恶？世上只有一小撮未知的邪恶普遍存在，但跟他和他所在的小天地无关。他对于自己在这桩丑恶勾当中的角色并不全然清楚，显然确保了他的天地安然无恙，能继续天下太平。

　　维克托再次望着窗外，让阳光照在他的脸上。

　　也许他真的应该买一栋乡间别墅，夏天时坐在花园的桌子旁，在新鲜的空气中写作。还有索尼娅，她会很喜欢种东西，在花圃和菜园里打发时间，尼娜心满意足地……

他想起新年待的那间别墅，想起谢尔盖和他们俩坐在炉火前的景象。感觉已经好久了！真的好久，虽然根本没隔多远。

# 62

周日依然阳光普照，虽然清晨天空还带着薄薄的云翳，但到了十一点已经完全散去，只剩一片春日的湛蓝。

早餐后，维克托、尼娜和索尼娅一起去克雷希夏季克街散步。他们让米沙待在阳台，给了它一碗午餐，并将门半开着，让它随时都能回到屋里。

维克托先带尼娜和索尼娅到帕西奇咖啡馆，坐在露台上的位子。他帮她们点了冰淇淋，自己则点了一杯咖啡。

索尼娅选了向阳的位子，这会儿正眯起眼睛用手遮住太阳，跟阳光玩起躲猫猫的游戏。尼娜笑着望着她。

维克托喝着咖啡，瞥见附近有一间报摊，便跟她们说他马上回来，随即离开了座位。

他买了一份《首都报》回来，匆匆瞟了各版头条一眼，没看见任何恐吓或缅怀文，便欣然翻回头版，同时又喝了一口咖啡。

没想到如此和煦的春日，新闻竟然如此平静，没有枪杀也没有丑闻，似乎想让读者觉得人生美好似的，连头条都诉说着喜悦与希望，真是不可思议。


新超市开幕
和俄罗斯协商取得进展
赴意大利免签


"你想去意大利吗？"他开玩笑地问。

索尼娅舔着塑料小汤匙摇摇头。

"不想，我想去荡秋千。"她说。

尼娜用餐巾抹去索尼娅嘴角的冰淇淋。

他们走过第聂伯河上游的公园来到一处游乐区，让索尼娅坐上秋千，把她荡得高高的，索尼娅兴奋笑着。

"好了！好了！"几分钟后，索尼娅大叫。

他们再次穿越公园。索尼娅牵着尼娜和维克托的手，走在两人中间。

"尼娜，我在想，"走着走着，维克托说，"我们可以买一栋乡间别墅。"

尼娜露出微笑开始沉思。

过了一会儿，她说："我觉得不错。"显然已经在心里想象过她理想中的乡间别墅了。

午餐时间，他们回到家里吃饭。

饭后索尼娅到阳台去陪米沙，尼娜和维克托在起居室看电视。

电视上正在播乌克兰版的《旅游生活俱乐部》。一名身穿鲜黄色泳衣的金发美女站在轮船甲板上介绍异国岛屿，随即出现在其中一个岛上的海滩，跟古铜色肌肤的当地人微笑谈天，画面下方不时有跑马字幕扫过，写着旅行社的电话号码。

"你为什么问索尼娅想不想去意大利？"尼娜突然好奇了起来。

"因为他们开放免签了。"

"我们可以去吗？"她满怀期望地问。

金发美女又出现了，这回穿得比较温暖，变成了针织紧身裙和深蓝色外套。

她说，过去一年来，乌克兰在南极设立了一个科考站。我们之前在节目中曾经公开向观众募款，希望能筹措物资空运给这些科学家。这项活动虽然获得许多观众回响，但还没达到所需的金额。我在此呼吁企业主和投资者，我们的科学家能不能继续在南极进行研究就看各位了。请立刻拿起纸笔记下赞助捐款账号和电话号码，您可以来电查询捐款将会如何使用。

维克托立刻冲进厨房拿了笔和一张纸回来，正好赶上账号和电话的画面。他将号码抄了下来。

"你想做什么？"尼娜诧异地问。

维克托耸耸肩，有点犹豫地说："我想或许捐个二十元给他们，算是纪念皮德佩利。我跟你提过他，你还记得吧？我还有科考站的剪报呢。"

尼娜不以为然地看了他一眼。

"真是糟蹋，"她说，"跟送钱给小偷没两样。还记得他们募款说要给切尔诺贝利受灾孩童盖医院的事吗？"

维克托没有回答，将纸折好收进口袋。

他想怎么花钱关她什么事？

# 63

三月快结束时，雨季来了。

阳光消失，维克托的心情也随之下沉。虽然还是不停敲着打字机，但进展慢得令人痛苦，几乎生不出灵感。不过，缅怀文水平依旧，写完后他重看一遍，成果还是相当令人满意。他的表现再也不受心情起伏影响。

尼娜和索尼娅好几天都待在家里。

偶尔尼娜出门采买，索尼娅就会到厨房来吵他，显然跟米沙玩腻了。维克托会耐着性子回答她的问题，直到听见尼娜回来才松了一口气，让索尼娅到尼娜身边，他回头继续工作。

廖沙来电通知他明天又有葬礼，让他心情跌到了谷底。他花了十分钟说天气太湿太冷，说他心情不好，而且担心米沙会着凉。廖沙静静听完，告诉他说他去不去无所谓，企鹅才是重点。"你就待在家里,"廖沙最后说,"我带米沙去,之后再带它回来。我在墓园会撑伞保护它,让它不会着凉。"

这个提议解决了问题,也算胜利了一半。维克托欣然决定错过这次的葬礼。

虽然他为米沙感到难过,却也无能为力。要是突然不让米沙去参加葬礼,会有什么后果实在太明显了。

维克托拒绝得太正确了。廖沙不再找他参加葬礼。两人同意之后都由廖沙负责带米沙出门,再带它回家。意外的是,这项新安排完全没有影响他收到的酬金,依然是每次一千元,只不过现在更轻松了,完全不用站在墓地旁或被迫参加守灵仪式。米沙现在自己能赚钱了,感觉就像企鹅租用服务一样。

想到米沙出席一次就能拿这么多钱,他的薪水却只有区区三百元,维克托心里当然不是滋味。虽然都不是小数目,但还是差了一截。不过,现实就是如此,他也只能接受。无论如何,他对米沙的感情都不会变。

他心想是不是该叫总编辑替他加薪,但马上觉得不必白费力气。毕竟他现在的工作轻松得很,没有人盯着他或逼他快点写出缅怀文,完全由他决定。每完成一批档案,他就打电话给总编辑,将稿子交给信差,拿回新的档案。他赚的钱够多了,没理由抱怨什么。

没错,一切都照着该走的方向走,老天也这么安排着。

等雨季过去，他就可以开始物色乡间别墅了！

维克托想象小屋周围种满花草，一张吊床挂在两棵大树之间，而他正生火准备烤肉，心情立刻好了起来。

一切都会没事的，他心里传来一个充满信心的声音。晴空万里，世界和平。

维克托如此相信。

然而，雨天和缅怀文迟迟不见停歇，米沙参加葬礼的次数也越来越频繁，就算下雨也一样，仿佛那些亲朋好友觉得葬礼不能没有企鹅参加的死者突然增加了似的。

某次米沙又去参加葬礼，隔天维克托正在翻阅刚拿到的档案，索尼娅突然神情紧张地冲了进来。

"维克托叔叔，米沙在打喷嚏！"

维克托走进卧房，看见米沙侧躺在驼毛毯上，不停喘息和颤抖。这是他头一回见到米沙躺在地上。

维克托吓得僵在原地，不知所措。

"尼娜！"他大喊。

"尼娜去谢尔盖叔叔的妈妈家了。"索尼娅说。

"撑着点，米沙，撑着，"他温柔抚摸米沙，语气充满了感情，"我们会想出办法的。"

他走进起居室翻开电话簿，不是太抱希望地翻到兽医那一页，没想到上头竟然列了十几名兽医。然而，他们谁有治疗企鹅的经验？应该都是狗和猫吧。

尽管心怀疑虑，他还是拨了第一位兽医的号码。

"请找尼古拉·伊万诺维奇。"他告诉接电话的女子，说话前还先确认了自己有没有把名字念对。

"请稍等。"

话才说完，一名男子的声音就出现了，"你好。"

"不好意思，我遇到了一件麻烦事，我家企鹅生病了。"

"企鹅？"对方反问道,维克托立刻明白自己找错人了。"我不会治疗企鹅，但可以告诉你应该找谁。"

"是吗？"维克托如释重负。"我去拿笔。"

他将号码（那人叫戴维·亚诺维奇）抄在电话簿上，接着话筒没放就立刻拨了电话过去。

戴维·亚诺维奇听完之后说："嗯，养什么动物就得花什么治疗费，这你应该晓得吧？"

维克托走回房间坐在米沙身旁，索尼娅问："兽医会来吗？"

"嗯。"

"跟怪医杜立德一样的医生吗？"她难过地问。

维克托点点头。

半小时后，戴维·亚诺维奇来了。他身材短小，近乎全秃，有着冰冷的微笑和亲切的眼神。

"患者在哪里？"他走进屋里，一边脱鞋一边问道。

"在里面，"维克托指着门说，"需要拖鞋吗？"

"不用了，谢谢。"戴维·亚诺维奇匆匆将雨衣挂在钩子上，一手拎着公文包朝门走去，淋湿的袜子在塑料地板留下了足印。

"让我瞧瞧。"他蹲在米沙身旁说。

他先触诊米沙，看了看它的眼睛，接着拿出听诊器，跟普通医师一样听诊米沙的前胸及后背。之后他将听诊器收回公文包里，抬头若有所思地望着维克托。

"怎么样？"

戴维·亚诺维奇搔搔脖子叹了口气说："很难讲，但显然情况不妙。我想得看你肯花多少钱了。我不是指我的看诊费，因为我能做的不多。这家伙得送诊所才行。"

"大概要多少钱呢？"维克托谨慎地问。

戴维·亚诺维奇做了一个绝望的手势说："想想也知道绝对不便宜。假如你问我的话，我会建议送去塞奥法妮娅诊所。那里一天要五十元，但医师保证会全力以赴。诊所附近有一间科学医院，他们会向医院租用断层扫描仪，更能做出正确的诊断。那家医院还有几位医师在诊所兼职，赚点小钱。"

"普通医师吗？"维克托诧异地问。

戴维·亚诺维奇耸耸肩答道："有何不可？难道你以为动物的五脏六腑跟我们不一样？它们只会得跟我们不一样的病。你如果同意，我现在就从这里打电话给塞奥法妮娅诊所，要他们派车过来。"

"麻烦你了。"

戴维·亚诺维奇只收了二十元的诊疗费就告辞离开了。

一小时后，来了另一名兽医，他又检查了米沙，将它全身上下都听诊和触诊了一遍。

"好，"那名兽医说，"我们会收它。别担心，我们不是诈骗集团。诊疗三天就会知道了。只要有救，我们一定会救它。要是不行……"他耸耸肩，"我们就会送它回来，不会浪费你的钱。拿着，"他递了一张名片给维克托，"不是我的名片，是伊利亚·谢苗诺维奇医师的。他会负责治疗你的宠物。"

那名兽医说完就留下名片带着米沙离开了。

索尼娅哭了。大雨下个不停，没写完的缅怀文还插在打字机上，但维克托完全提不起兴致。他站在卧房窗边，双腿抵着暖气，眼眶泛泪，仿佛是索尼娅引起的连锁反应。他泪眼迷蒙，望着雨水拼了命想抓住窗户。强风让雨滴颤抖，然后将它们吹走，换来一批新的雨水，继续这场无意义的战斗。

# *64*

那天晚上，维克托一夜难眠。他听见索尼娅在起居室里啜泣，闹钟的荧光指针显示将近两点，只有尼娜睡了，沉沉呼吸着。

她从谢尔盖的母亲那里回来得知这个消息，心里当然也很难过。但她试着安抚索尼娅没有效果，把自己累坏了，因此脑袋一碰到枕头就睡着了。

尼娜竟然睡得这么安稳，让维克托有些莫名的恼怒。他突然觉得尼娜陌生无比，毫不在意他和索尼娅。反倒是索尼娅跟他更亲近了，两人因为都很担心米沙而更加亲密。

他望着背对着他的尼娜，突然明白让他恼怒的不是尼娜睡得安稳，而是自己的焦躁无眠。

他小心不吵醒尼娜，起身穿上睡袍走进起居室，俯身查看索尼娅。

索尼娅睡着了。但睡得很不安稳,依然哽咽着。

他在沙发旁伫立了一两分钟,接着走进厨房将门关上,没有开灯就走到餐桌前坐了下来。

漆黑与寂静放大了窗台上老闹钟的规律滴答,声音大得吓人。维克托一脸困惑地望着暗处,注视滴答声的来源。他将闹钟举到眼前,想要切掉声音。这个简单可靠的机器能显示正确时间,但他毫无兴趣,他只想要完全的寂静。但滴答声更大了。维克托突然明白一个很蠢的道理:只有时间才能停止闹钟。于是他将闹钟拿到走廊放在大门边,然后走回厨房。

他竖耳倾听,只听见远远传来的滴答声,便安下心来。

对街楼房一扇亮着灯的窗户里有一个女人。

那女子坐在桌前读书,虽然看不见脸,但维克托心里突然对她涌起一份温暖与同情,仿佛遇见患难的伙伴。

他看着女子端坐不动,双手托着下巴,偶尔垂下右手翻页。

外头突然亮了一些。浅黄色的半月现出踪影,但才朝维克托露了一下脸,就又钻进了看不见的云里头。

他目光回到亮灯的窗户。那女子走到炉边点了火,放上水壶,接着又回到桌前继续读书。

雨停了真好,维克托心想,脑中浮现雨滴在窗玻璃上颤抖的景象。

他转头看了关上的房门,想起米沙习惯将门推开站在门口，然后走到桌前的他身旁，磨蹭他的膝盖。真希望门开了，米沙就出现在门口！

维克托在厨房坐了半小时左右才溜回卧房。他钻进被毯，耳边依然飘着索尼娅的啜泣声，就这样沉沉睡去。

隔天早上，尼娜将他叫醒。

"昨晚又有人来过了。"她说，显然忧心忡忡。

"是不是又拿了什么东西来？"他睡眼惺忪地问。

尼娜摇摇头。"没有，但他们在门口留了一个闹钟。"

"闹钟是我放的。"他呢喃道，试着让尼娜安心。

"为什么？"她吃惊地问。

"因为它一直滴答响。"他说完又闭上了眼睛，完全不理会尼娜困惑和狐疑的神情。

他大约十一点醒来。屋里很安静，窗外阳光普照。

他走进厨房，看见桌上放了早餐和一张字条。

我们去散步，一会儿就回来。尼娜。

洗好碗盘后，他拿起兽医留下的名片，拨了电话到诊所。

"请找伊利亚·谢苗诺维奇。"

"我就是。"一个温和的声音说。

"我是那只企鹅……米沙的主人。"

"你好，"只闻其声不见其人的伊利亚·谢苗诺维奇说，"嗯，怎么说呢，初步看来是流感，加上严重的并发症。我们今晚会做断层扫描，到时应该会更确定。"

"它目前如何？"

"看来没什么好转。"

"我能去看它吗？"

"恐怕不行。请你少安勿躁，每天打电话来，我会跟你报告进展。"伊利亚·谢苗诺维奇保证道。

维克托回到厨房吃了两枚水煮蛋，喝了茶，从桌下拿出打字机。一篇未完成的缅怀文还插在打字机上，主角是一位名叫邦达连科的人，百老汇私人葬礼公司的主管。其间的讽刺让维克托忍俊不禁。他可以想象这人的葬礼有多专业，所有前同事一字排开，神情肃穆站在光彩夺目的镀金把手棺木旁。

他在哪里划了线？维克托左思右想，完全记不得邦达连科的档案里写了什么。

他找出那三页档案，读了一下。


一九九五年，维亚切斯拉夫·邦达连科将一批残缺不全的无名尸埋在贝洛葛罗多克村的公墓里。有证据显示死者包括反集团犯罪部的格洛伐科上尉和乌克兰安全局的普洛琴科少校。据信邦达连科还涉及基辅地区数起类似的埋尸事件，时间为一九九二至一九九四年。

字里行间读不出什么讽刺，维克托起身冲了咖啡，推门到阳台去。

为了暂时忘记葬礼，他仔细打量对街楼房，想找出昨晚亮灯的那扇窗。但日正当中，每扇窗看来都一样。

# 65

隔天早上，他起床后又打了电话给塞奥法妮娅诊所，但伊利亚·谢苗诺维奇不在。索尼娅在他身旁，维克托无言以对。

"我半小时后再打一次。"他向索尼娅保证。

索尼娅一言不发地走到阳台门边。

"晚上要不要去看马戏团？"尼娜弯身对索尼娅说。

索尼娅摇摇头。

维克托正想到厨房开始工作，电话响了，索尼娅和尼娜立刻竖起耳朵。维克托拿起话筒，希望是兽医诊所打来的，结果是总编辑，而且显然很不高兴。

"我要的不是哲学名著，"他近乎咆哮地大声说道，"只要把文章写好，而且快一点，我可不想再等一周才拿到五六篇稿子。"

维克托一边听着，一边丧气地点头。

"你在听吗？"总编辑追问道，但语气平缓了一些，仿佛刚才的大爆发让他累了。

"有。"说完维克托便挂上电话。他已经习惯总编辑这种公事公办、从来不打招呼也不道别的对话方式了。

"是谁打来的？"尼娜在阳台门边问。

"公事。"他叹息一声，重新拿起话筒。

维克托拨了兽医诊所的号码。

这回伊利亚·谢苗诺维奇在诊所了。"我们最好见个面。"他说。

维克托察觉到对方语气里透露了一丝绝望。"要我去诊所吗？"

"不用，我们市区见就好。基辅旧城区的克雷希夏季克街，十一点见。"

"我要怎么认得你？"维克托问。

"我想那里人不会太多。不过，我个子瘦瘦小小的，留着胡髭，会穿灰色雨衣和粗呢帽……"

"他们怎么说？"索尼娅急着问道。

"米沙好一些了，"维克托撒了谎，"我现在去见兽医了解实际状况。"

他心中充满了不祥的预感，不然为何要约在克雷希夏季克街的咖啡馆？如果是好消息，对方一定会打电话来。也许兽医想谈钱的事，毕竟维克托到现在还没付半毛钱，而光是米沙的住院费每天就要五十元。

他们到咖啡馆应该是谈医疗费，想到这点就让他安心了一些。

阳光普照，两个小女孩在咖啡馆门口跳橡皮筋，他让得远远的。

到了地下室的咖啡馆，伊利亚·谢苗诺维奇已经等在那里。他站在一张高脚桌旁，桌上摆着一杯咖啡。四下无人，连柜台和咖啡机旁都不见人影。

伊利亚·谢苗诺维奇和他打了招呼，接着走到柜台大声拍了一下台面。

"再来一杯咖啡。"他朝不知从哪里冒出来的女子说，接着便回到桌前。

"米沙怎么样？"维克托问。

"它似乎有先天性心脏病，"兽医说，"用太激烈的方法治疗流感可能让它丧命……但就算没得流感，它也几乎回天乏术了，除非……"说到这里，兽医一脸期盼地望着维克托。

"是钱的问题吗？"

"没错。但除了钱还有原则问题，就这么简单，所以必须由你决定，因为我不晓得那只企鹅对你到底多重要。"

"咖啡好了！"柜台前的女子在维克托背后大喊。

维克托去拿咖啡，那女子已经不见踪影了。

"直接告诉我金额就好。"维克托回到高脚桌前说。

"好吧,我尽量长话短说,"兽医深呼吸一口气,接着说,"米沙必须动心脏手术,精确来说是心脏移植,这是它唯一的机会。"

"问题是怎么做?"维克托绝望地看着兽医。"你们要从哪里弄来另一颗企鹅心脏?"

"这,"伊利亚·谢苗诺维奇说,"这就是我刚才说的原则问题了。我问了科学医院的心脏学教授……我们认为可以用三四岁小孩的心脏来代替。"

维克托咖啡喝到一半差点没呛着。他放下杯子,杯里的咖啡洒了出来。

"手术成功的话,它至少还能再活几年,否则……"兽医不置可否,"不过,回到你刚才的问题。实际手术的费用是一万五千元,不算太高,至于移植用的心脏……你可以自己试试门路,不然我们也可以帮忙。我目前不能告诉你一个价钱,因为器官移植都是靠捐赠的。"

"我自己试试门路?你这话是什么意思?"维克托愕然问道。

"我是说基辅有几家儿童医院,每家都有小孩在用维生系统,"伊利亚·谢苗诺维奇平静地说,"你可以去找医师,但别跟他们说你需要心脏给企鹅用,只跟他们说有三四岁小孩需要心脏移植。只要肯出好价钱,他们一定会给你消息的。"

维克托摇头说:"不行。"

"为什么不行？"伊利亚·谢苗诺维奇问。"好吧，你需要静下来想一想，反正你有我的号码。但别拖太久，住院费可是每天往上跳。我等你电话。"

伊利亚·谢苗诺维奇走了，留下维克托独自待在咖啡馆。

维克托不想喝冷掉的咖啡，于是也走了。他沿着克雷希夏季克街朝中央邮局的方向缓缓前行。

阳光和煦，但他毫无感觉。行人来来往往，他仿佛都没看见。地下通道有年轻人撞了他一下，他头也没回，自己还撞到一名向他乞讨的吉卜赛妇人。

他的生活出了差错，维克托望着地上心想，不然就是生活变了样，不再如表面看来那么简单、可以理解。生活背后的机制似乎崩坏了，他不再知道如何面对过去熟悉的事物，从乌克兰面包到公共电话都是如此。在每个表面之下，每棵树木和每个人的内在，都藏着某个陌生的东西。一切看似真实的表象只是童年的遗物。

刚过原列宁博物馆不久，维克托停下脚步，动作古怪地左右张望，仿佛想看清之前没注意的街头景象。他站在公园台阶旁端详"两国友谊纪念碑"的钢铁拱门、音乐厅的遗迹和一个法国洗发水的广告牌，上头写着：让您拥有人人羡慕的秀发！

一辆挤满人的六十二路公交车停在广告牌下方，只放了几名乘客下车就沿着弗拉基米尔高地扬长而去，留下一批愤怒的等车民众。

他看着公交车离开，接着也跟着下坡往波多尔走。他经过缆车站和内河码头来到下坡路的尽头，彼得·萨盖达奇内街口。

他在酒神酒吧外头伫立片刻，随即推门进去。

他点了一杯红酒，找了张桌子坐下。他啜饮红酒，叹了口气。为什么非要小孩的心脏？为什么不能用狗或羊的？

邻桌一群年轻人在啤酒里倒了伏特加。

维克托又喝了几口红酒，品尝那干涩的口感。酒酣耳热，焦虑的思绪缓缓平静下来。

老实说，比起狗或羊，企鹅的确跟人更接近。两者都是直立两足动物，而不是四只脚走路……不过跟人不同，企鹅似乎没有用四只脚走路的祖先。

维克托想起皮德佩利的手稿。那是他唯一一读过有关企鹅的文章。他想起公企鹅才是照顾小企鹅的一方，是全年无休的忠实伴侣。企鹅擅长用太阳定位，天生有团体感。他想起皮德佩利的房子，想起那烟味……他的思绪又回到米沙。

喝完红酒，维克托又点了一杯。邻桌那群年轻人摇摇晃晃地走了，留下他独自坐着。他看了一眼时钟。十二点三十分。阳光透进酒吧，在桌上映出他酒杯的轮廓和面包屑的细小影子。

有了酒精壮胆，维克托决定米沙该动手术。就让他们做吧，钱应该够。他可以从衣橱上层的袋子里拿一些钱，不去管那笔钱是索尼娅的。

回到公寓，维克托没吃午餐倒头就睡。尼娜和索尼娅不在家。

四点左右，维克托昏昏沉沉醒来。他冲了咖啡，在餐桌旁坐了下来。

咖啡的温暖让他精神恢复了一些，昏沉也随之淡去。他又想起米沙，不过之前酒精给他的确定感已经消失了。他从桌子底下拿出打字机，希望让自己沉浸在工作里。他想起总编辑的那通电话。总编辑说得对，他必须重新振作。于是他在打字机前坐定，对着一张殷殷期盼的白纸屏气凝神。

他拿起档案翻阅数据，发现只剩一份还没处理，便开始阅读。

过了不久，尼娜和索尼娅回来了。

"我们去谢尔盖的母亲家了，"尼娜一边帮索尼娅脱外套一边说，"她很担心谢尔盖，他已经两周没打电话回家了……"

"米沙怎么样？"索尼娅穿着袜子走进厨房问。

"去穿拖鞋。"维克托不假辞色地说。索尼娅乖乖回走廊穿拖鞋，维克托在她背后高声说："兽医答应会治好米沙，但它得待在医院里。"

"我们可以去看它吗？"

"不行，"维克托说，"他们不让别人进去。"

# *66*

过了一天，维克托还是没有打电话给塞奥法妮娅诊所。他已经写完了最后一份缅怀文，正在等总编辑派来的信差。

尼娜和索尼娅出去散步了。趁着她们不在，他算了算索尼娅的钱，总共四万元出头。他将钞票用橡皮筋重新捆好，放回原处，接着算了算自己的存款，还有米沙赚的钱。总数大约一万元。

"我得打电话。"他告诉自己。就在这时，门铃响了。

是那个不爱说话的信差。他已经到了退休的年纪，披着老旧的风衣，从维克托手中接过档案夹收进公文包，然后拿出另一个档案夹给维克托，朝他点了点头便急忙下楼。

维克托目送信差离开，接着返回屋内，将档案夹扔在餐桌上。他走到起居室的电话旁，但又开始颤抖。他心里有一样东西拦住了他。

"我得打这通电话。"他反复告诉自己，但双脚依然分毫不动，只是默默望着电话，仿佛它会自己拨号，自己传达该说的讯息。

最后他终于拨了诊所的电话。他跟接电话的人说要找伊利亚·谢苗诺维奇，但对方说兽医出去了。维克托大大松了一口气。

那天他没有再拨第二次电话，而是埋头工作，到尼娜和索尼娅回家时，他已经写好了三份缅怀文。再写两份他就可以打给总编辑了，让他瞧瞧他的工作速度有多快！

隔天早上，廖沙打电话来。

"老兄，明天有一场大葬礼。"

"米沙恐怕没办法加入你们了，"维克托疲惫地说，"它上一回参加葬礼结果着凉了，目前还不知道它挺不挺得过去。"

廖沙吓坏了。维克托将情况一五一十告诉他。

"听着，"廖沙说，"假如错在我，就由我来解决吧。它在哪里？"

维克托给了他伊利亚·谢苗诺维奇的电话号码。

"好，我会再跟你联络，"他说，"别太难过了。"

那天晚上他又打电话来。

"没事了，"他向维克托保证，"伙计们会处理钱的事，还有手术相关的一切。那家伙不错，我是说伊利亚·谢苗诺维奇。他会每天给你电话，告诉你最新消息……对了，"

他突然问道，"你明天能跟我去吗？一起去守灵。"

"所以现在我是企鹅了。"维克托丧气地说。

回到打字机前，维克托忽然满怀希望又心生警觉。伙计们（他可以料想到他们是哪些人）决定支付手术费，而且照这样看也会去找心脏……

这简直是恐怖电影的情节，而维克托一点也不喜欢恐怖片。

他摇摇头，试着挥除这份联想，继续想这些"伙计们"。他们为何决定替他处理？他们有这么好心，那么喜欢动物吗？还是他们欠了他什么？或是欠了米沙？

维克托很快就被这些问题搞累了。于是他决定想点别的事，但思绪还是绕着那只生病的企鹅打转。

他突然想起那个电视节目和漂亮的女主持人，想到她呼吁观众赞助空运一架次的物资到南极的乌克兰科考站。维克托开始寻找上头记着捐款账号和联络电话的那张字条。

他脑中忽然浮现一个令人开心的想法。要是米沙能活下来，他一定要让它搭乘那班飞机回南极去。他愿意出钱，只要他们让他的企鹅回到那片冰寒荒地……他会开给他们一个无法拒绝的数字。

这个点子让他满心欢喜，开始兴奋地打起剩下的缅怀文，两小时后就完成了。

那天晚上，伊利亚·谢苗诺维奇打电话来。

"你知道事情都处理好了吧？"他说。

"嗯。"

"我得说你还真交到了一些好朋友。你家米沙目前状态稳定，我们正准备进行手术。"

"所有东西都准备好了吗？"

"还没，我想还要两三天吧。我明天会再打电话来。"

半小时后，索尼娅吃完晚餐，问他米沙怎么样了。

"它正在好起来。"维克托心中石头落地，轻松地说。

# 67

那天晚上，维克托熬夜了。尼娜和索尼娅应该早就在梦中了，他却依然待在黑漆漆的厨房里，望着对街楼房的灯一盏盏暗去。

他不想睡，但并非失眠，而是纯粹享受注视城市沉睡的那份平静与安宁。闹钟已经摆回窗台，但滴答声不再令他心烦意乱。他的焦躁已经过去，思绪也受到这份宁静影响，不再横冲直撞，而是有如和缓的小溪潺潺流动。

经历了这么多震撼、不愉快的发现和随之而来的阴郁猜疑，以及一些宁可忘记也不要了解或视为稀松平常的时刻，维克托的生活似乎又回到了常轨。而唯有处于正常才能思考未来——唯有努力向前，不要驻足探究某些谜题或改变生活的本质，才能拥有未来。生命是一条道路，若是突然转折，道路就会拉长。道路越长，生命越长——在生命道路上，过程胜于抵达，毕竟所有人的终点都一样，就是死亡。

他之前就是突然遇到了转折，只能摸索一扇扇关上的门，在身后留下和门接触过的痕迹。然而，那些痕迹确实还跟着他——在他的记忆里，在一个不再是负担的过去。

对街楼房只剩三扇窗亮着，而他想找的那一扇不在里面。那几扇窗里的人在做什么，维克托不感兴趣。他只想见到昨晚失眠见到的女人。但就算没见到她，也无碍于他内心的平静。

维克托似乎发现了长寿的秘诀。长寿来自平静，平静带来自信，而自信能让人避开无谓的不安、转变与波折，让人做出能长寿的决定。自信才有未来。

维克托望着那个未来，仿佛生来头一回见到，清楚看见了一切阻碍他走上平静之道的障碍。而奇怪的是，这一切障碍都和他深爱的米沙间接有关。米沙什么也没做，只是不经意为维克托的生命带来了波折。米沙让他卷入了一小圈可悲的人当中，而那些人死亡率越来越高。现在米沙可以让他摆脱他们。没有米沙之后，廖沙和他的望远镜也会消失，还有那些镀金把手棺木。他生活中的两大罪恶只会剩下一个，也就是他的工作。但他早已接受了那份罪恶，别人的罪恶，而他只是以每个月三百元的代价用哲学为那些罪恶搽脂抹粉。他只是罪恶的推手，不是元凶。

想象米沙处在荒凉的南极大陆让他心情愉快。这是唯一的解决方法，对他们俩都好，都是解脱。只要手术顺利的话。至于愿意支付手术费的他们，就算他们不喜欢企鹅消失不见，又能拿他怎么办？毕竟他可是拥有神秘的保护，连已过世的人类米沙和跟人类米沙亦敌亦友的谢尔盖·切卡林都敬畏三分的保护。

维克托心满意足地笑了，因为他似乎找到了未来生活平静而规律的节奏。

对街楼房最后一扇亮着的窗也暗了，朦胧的月光显得更加明亮。

# *68*

　　就这样又过了几天。每天傍晚电话就会响起,伊利亚·谢苗诺维奇打来报告米沙的状况,每次都说(跟天气和维克托的状况一样)很稳定。尼娜和索尼娅每天一早就会不见踪影,因为尼娜突然觉得应该带索尼娅认识春天,两人就像上课一样开始研究起春天来了。她们似乎很喜欢这个游戏,而维克托也很享受她们不在的时光,因为这样他就能安静工作了。缅怀文写得快又轻松,他以为总编辑会打电话来赞美他,但并没有。除了伊利亚·谢苗诺维奇外,没有人打电话来。所有来电的人当中,就只有地方民兵谢尔盖对他毫无所求。还有谁也处在他生活的阴暗面?负责大场面葬礼的警卫廖沙吗?他终究会打来的,这一点毋庸置疑。而且他也没那么坏。廖沙也活在转折中。他发现了自己的生存之道,便抓着不放。以现在这世道,这或许不是小成就。这么做不是为了让人羡慕，除非有人认为你不够格。

下午三点左右，伊利亚·谢苗诺维奇打电话来了。

"我们昨晚动手术了，"他说，"目前一切都好，没有器官排异的现象。"

维克托很开心，向他道了谢，问他什么时候能带米沙回家。

"我想还得要一阵子，"伊利亚·谢苗诺维奇说，"康复期是六周……但我会让你知道状况。说不定不用那么久，再看吧。"

维克托冲了咖啡离开厨房走到阳台，对着太阳眯起眼睛。一道微风吹来，感觉格外清凉。空气中飘着愉悦的清新，以及朝阳还不稳定的暖意。微风的柔弱与阳光的持续结合在一起，感觉真是神奇。温暖和清新。这就是唤醒生命、让地表出现生命的动力。

咖啡很淡，但他不想喝浓咖啡。浓咖啡现在只会让人想到冬天，想到对抗昏沉睡意、日照太少和苦苦等待温暖。

他可以打电话给南极委员会了。喜爱温暖的他可以开开心心待在这里，而米沙可以开开心心待在南极。

回到起居室，他经过索尼娅画的那张全家福，画里的企鹅让他停下脚步。

他笑着叹了口气，对自己和自己想到的解决方法感到一丝骄傲，心想决定别人的命运比决定自己的人生容易多了。尤其当他所有试图改变人生的努力只带来更差劲、更沉重的后果，更让他觉得无论改变的性质为何，只会越改越糟。

# 69

南极委员会办公室位于一家飞机制造厂行政大楼的二楼，是两个并连的房间，门上刻着令人怀念的"党支部"三个字。

维克托大约十一点抵达办公室。他事前打了电话，但没有提到企鹅。在电话里提到企鹅就太蠢了，只会让对方觉得他在胡扯或疯了，因此他只表达自己有意出资赞助。

他在制造厂大门等了五分钟才有一名身穿灰色西装的男子下楼接他。男子身材削瘦，大约四十五岁，名叫瓦连京·伊万诺维奇，是南极委员会的主席，态度亲切有礼，非常适合担任募款的角色。他先给了维克托一杯咖啡，接着推开门走进隔壁的办公室。

"你瞧，捐赠几乎都是物资，"他指着成排纸箱和堆满角落的罐头说，"不过我们来者不拒，就算过期品也照收不误。有人捐赠总是好的。有些人会捐钱，南方建设银行就捐赠了三百元。我们当然比较喜欢捐款。飞机需要燃料，我们空有些飞行员，还得给他们付工资。"

维克托同情地点点头。

回到第一间办公室后，瓦连京·伊万诺维奇拿出文件，上头载明了他们收到的所有物资和捐款。

维克托翻阅文件，发现其中一名赞助者捐赠了一大批中国炖肉罐头。

"那里面的东西不是全部，"瓦连京·伊万诺维奇补充道，"设备和保暖衣物记在其他地方。我们还收到两桶葵花油。"

"飞机哪时候出发？"维克托问。

"五月九号，胜利纪念日那天。我们中途会停靠几个地方，所以必须事前通知对方。不过，恕我直言，你打算资助什么呢？捐款还是物资？"

"捐款，"维克托答道，"不过有一个条件。"

"说吧。"瓦连京·伊万诺维奇盯着维克托说。

"一年前，动物园买不起食物，于是我就收养了一只企鹅。现在我想把它送到南极，回到它的家乡……这才是我真正的用意。"

主席不露神色，表情和维克托一样严肃，只有湛蓝眼眸闪过一丝嘲讽，泄漏了他的情绪。两人盯着对方，好像在比谁先别过头去。但过了一两分钟，主席垂下目光，若有所思望着桌子。

"你愿意为这位乘客出资多少呢？"他低着头问。

"两千元左右。"

维克托不想讨价还价。目前进展还算顺利，那怪异的眼神，不管它是嘲讽还是猜疑，都不会影响这桩生意。

瓦连京·伊万诺维奇陷入沉思，就这样过了一两分钟。

"付现吗？"他盯着维克托问。

维克托点点头。

"很好，"主席说，"我们可以帮你载送那位乘客。你能在一两天内支付这笔款项，并且在飞机出发当天早上九点把企鹅送过来吗？飞机大约中午起飞。"

回家途中，维克托走在阳光灿烂的街道上，心情竟然有些焦虑。他这么随意就决定了米沙的命运，让他不禁思考自己的人生。五月九日就剩他一人了。虽然他还有尼娜和索尼娅，有她们自由来去的陪伴，但他不会忘记米沙。

他不期盼尼娜和索尼娅会对他有感情，也不期望自己会对她们产生情感。难道这一切只是在过家家？也许吧，但尼娜似乎很适合，而索尼娅还太小，自然无法理解。大人是她生活中理所当然的存在，而她对自己的爸妈似乎没有任何印象了。也许他该试着爱上尼娜和索尼娅，也让她们爱上他，好让他们这个怪异的组合成为真正的一家人。

# 70

　　四月即将结束，暖春让基辅市绿意盎然，预备迎接栗树花开。然而，维克托的生活步调却慢了下来。上一回信差来收缅怀文时，竟然没给他新档案。他联络总编辑，对方告诉他暂时不会有新的工作进来。意外停工让维克托措手不及，完全没有准备。之前一切都照着计划走。他早已经付了两千元给瓦连京·伊万诺维奇，伊利亚·谢苗诺维奇也每天来电报告米沙的康复进度，没想到现在突然发生这种事。

　　尼娜又开始考虑乡间别墅的事，每周都会拿着新的广告回来。只要是她划线的部分，维克托都会耐心研究。他觉得他们似乎该行动了，尽快买一间有花园的乡间小屋，这样他们三人才能在夏天准备就绪。但他同时又有些意兴阑珊。

他心想，一切过了五月九日就会结束了。现在的古怪心情只是因为没有工作和等着米沙离开的缘故。

索尼娅越来越少问起米沙，维克托觉得很高兴。他现在几乎相信这只企鹅就算消失了，索尼娅也不会大哭大闹。反倒是他自己有些害怕与遗憾，因为他不难想象自己日后会很想念米沙。

不过木已成舟，也就脱离了他的掌控。他没有必要幼稚地自怨自艾。

廖沙打电话来。

"事情很顺利，真是太好了！"他说："再过两周，我们就可以在某人的守灵仪式上举杯庆祝你家的企鹅健康了！"

没错，维克托心想，脸上终于露出了微笑。他已经很久没笑了。

尼娜去探望谢尔盖的母亲，回来时带了一张邮局的包裹提领单。

两人坐在桌前享用晚餐。时间还很早，才刚要六点。

"真好玩，"尼娜说，"包裹应该是谢尔盖寄的，但上头的字不是他的，而且得付二十元汇差，好像从国外寄来的一样。"

"我们是在国外没错。"维克托郁郁不乐地说，一边用钝掉的餐刀切肉。

"我这块肉好老。"尼娜抱怨道。

"我帮你切。"维克托说完俯身靠向尼娜,帮她切肉。

"刀子需要磨了。"尼娜说。

"我会处理的。"他答应道。

"你可以跟我一起去邮局吗?"两人饭后喝茶时,尼娜问道。"免得包裹很重我搬不动。"

"当然。"

那天晚上,索尼娅又在电视机前睡着了。他们将她抱到沙发上,替她盖好毯子并转低音量,接着一起看了梅尔·吉布森主演的最新卖座电影,看完血腥结局才上床就寝。

隔天早上,他们付了二十元汇差将包裹领出来。是一个挺重的纸箱,上头斜斜贴着"易碎物品,小心轻放"的贴条。

"这不是他的字!"尼娜看着纸箱上的地址高声说道。

维克托拿起包裹,里面传出金属撞击声。

他又瞄了贴条一眼,摇了摇头。

"听起来里面的东西好像破了。"他说。

"那二十元就白花了,"尼娜不是很高兴,"我们先拿回家拆开来看吧,不必直接拿去给他妈妈,东西坏了只会让她难过。"

回到住处,他们先称赞了索尼娅刚画完的画,接着便到厨房桌前拆包裹。结果里面是一个古怪的深绿色四角瓮,上头还盖了一个小盖子,用胶带黏住。

是铜瓮吗?维克托一边打量一边这么想。

"瓮里有东西,"尼娜说,"你看,还有一封信。"

信只有一张纸，折成两半。

他看着尼娜读信，只见她面色铁青，双唇蠕动，两手颤抖，读完一言不发将信递给他。

敬爱的谢尔盖夫人：

俄罗斯克拉斯诺普雷斯涅斯克市民兵处要我代他们写信给您，我想应该是因为我也是乌克兰人，老家在顿涅茨克，还有我和谢尔盖是朋友。他是个很出色的伙伴。我不知该从何说起，只想告诉您他因公殉职了。出事地点不在莫斯科。他并不想去，但命令就是命令。内政处财政局给了我们一道难题。他们只愿意负担下葬或火化的费用，但下葬地点很远，在奥列霍沃祖耶沃。我们这群来自乌克兰的人决定将他火化，这样至少能在家乡安葬。在此致上我们诚挚的哀悼之意。

尼古拉·普罗霍连科
代 克拉斯诺普雷斯涅斯克市民兵处

读完信后，维克托抬头又看了四角瓮一眼。尼娜已经跑到走廊去了。他听见她在哭泣。

他捧起绿瓮试探地摇了摇，瓮里发出古怪低沉的沙沙声。他将瓮放回桌上。

悲伤的沙沙声止息后，他郁闷地想，谢尔盖就剩下这些了。

浴室传来水声。过了不久，尼娜回到厨房，两眼通红，脸上还沾着水珠。

"我不能告诉他母亲，"她说，"她会受不了的。我们自己埋了他吧。"

维克托点点头。

# 71

又过了几天。时间依然慢如蜗牛，沉沉压着维克托。虽然阳光和煦，他还是待在室内。有两三次他从桌下拿出打字机试着写点东西，但思绪和想象力看到白纸就像瘫痪了一样，动弹不得。

他或许应该读点东西，例如报纸上人人爱看的社会版，寻找名人和题材。

他想起自己刚开始写缅怀文时肠枯思竭的感觉，心想那些名人现在不知道怎么样了？

深绿色的四角瓮摆在窗台上。收到包裹那天，为了清出桌子吃午餐，他就把瓮移到那里了。只要看到它，就会想起谢尔盖，想起他们在他的乡间别墅庆祝新年和带着米沙在冰上野餐。他有一种奇怪的感觉，觉得自己再也不会有这种快乐了。他望着那只怪瓮，看着它造作的铜绿，不敢相信这就是谢尔盖遗体的新家。对他来说，这东西还是很稀奇，是来自另一个世界的无声访客。它放在厨房虽然令人困惑，却没有违和感。那柔滑的铜绿似乎拥有生命，而瓮里虽然装着骨灰，本身却像活物。他无法相信它和谢尔盖有关，跟活着的或死掉的他都没关系。不可能。谢尔盖消失了就是消失了，不在那瓮里或任何地方。

傍晚左右，尼娜和索尼娅回来了。

维克托探头到走廊，索尼娅一边换鞋一边说："有一个叔叔问起你喔。"

"什么叔叔？"维克托惊讶地问。

"一个年轻的胖叔叔。"索尼娅说。

他还是很惊讶，转头望着尼娜。

"那人说是你朋友，"尼娜解释道，"只是想知道你最近好吗，在做什么。"

"他还买了冰淇淋给我们吃。"索尼娅说。

尼娜做了烤鸡晚餐。饭后的喝茶时间，尼娜从袋子里拿出一则广告。

"你瞧，"她将广告递给维克托说，"看起来很理想。在孔查萨斯帕，占地零点一公顷，价钱不贵。"

双层乡间别墅，他读着广告，四房，占地零点一公顷，附全新花园，售价一万两千元。

"很好，"他说，"我们应该打电话。"

不过，伊利亚·谢苗诺维奇先打来了，乡间别墅的事立刻被抛到了脑后。

"它可以活动了，正在病房里走动。"兽医说。

"我可以去接它吗？"

"呃，我想我们还需要再观察它十天。"

"五月七日或八日可以吗？"

"嗯，应该可以。"

维克托如释重负叹了口气，挂上电话。他瞄了阳台一眼，发现天还亮着。

"我出去溜达个十分钟。"他在走廊高喊，一边穿上了运动鞋。

# 72

又过了两天，离曾经的胜利纪念日更近了。

维克托还是打了电话去问孔查萨斯帕的乡间别墅，并约好周日去看房子。尼娜觉得他们一定会喜欢那间别墅。

现在这种天气，再烂的乡间别墅也会是天堂。维克托站在阳台啜饮咖啡，心里这么想。

正午阳光炽热，虽然偶有微风，但连风都是暖的，有如一只巨大的吹风机吹出来的热气。

他决定五月九日一过就打电话给总编辑，跟他要点工作来做，否则一定会觉得无聊……不然他们三个人也可以暂时抛开一切，去克里米亚度假两周。但乡间别墅怎么办？不行，他们得先去看房子。因为要是他们买了乡间别墅，又何必去克里米亚？

尼娜和索尼娅大约五点回到家。

"你们去哪里了？"他问。

"我们去亲水公园，"尼娜说，"划船。"

"已经有人在游泳了。"索尼娅补充道。

"我们又遇到你朋友了，"尼娜说，"他有点怪。"

"什么朋友？"

"就是那个请我们吃冰淇淋还问你近况如何的朋友。"

维克托想了想。

"他长相如何？"

"胖胖的，大约三十岁，"尼娜耸耸肩说，"很普通……就坐在地铁站外面的咖啡馆，我们常坐的那张桌子。"

"他问你爱不爱我，"索尼娅说，"我说不怎么爱。"

维克托不安了起来。就算他从前的旧相识里头，也没有三十多岁胖胖的人。

"他还问了什么？"

尼娜低着头想了想。

"喔，他还问了你的工作，问你喜不喜欢你的工作……是不是还在写故事……他说他之前很喜欢读。喔，还有我可以拿你写的东西给他看吗……趁你没发现的时候……因为作家都很讨厌别人读到自己的手稿，他说。"

"他这么说，"维克托冷冷地说，"你怎么回答？"

"她说她会想办法。"索尼娅代替她回答。

"我才没说，"尼娜说，"他说基辅是个小地方，我们还会再碰面的。我没说手稿的事。"

那人到底是谁，维克托心想，还有他为什么会问起他？

维克托百思不解，便耸耸肩走到阳台，靠在栏杆上低头望着中庭。正方形中庭铺着柏油，晒衣绳纵横交错系在白色钢筋混凝土柱子上，挂满了洗好的衣服，几个小孩在旁边玩。左边一辆漆成白色的装卸车，车旁有几只旧锡桶。再过去，从阳台看不见，就是他冬天偶尔会带米沙和索尼娅去散步的废弃空地，有三间鸽舍。老地方春天平面图……

他将思绪拉回到那个探听他的肥胖年轻人身上。

也许他在跟踪她们，维克托心想。他又低头望着中庭。不然他怎么知道他们是一家人？

公寓入口坐着两个老头子，下一个入口也坐了几个人。几名年轻人穿越了对面街区，彼此大声争执。

没有可疑状况，也没有可疑人物。

维克托安心地走回屋内。

# 73

那天晚上，他又夜不成眠。他在漆黑之中倾听尼娜沉稳的呼吸，感觉到她温热的气息，心里又开始思考那位刺探者是谁、来自哪里、有什么企图，还有他爱不爱索尼娅的那个怪问题。

他越想越不安，心情就越不平静，睡意也就离他更远了。

她们的确被跟踪了。他一定也是，所以最好别再那么常出门。

他小心翼翼溜下床，没有吵醒尼娜。他披上睡袍走到了阳台。

夜空星光点点，带着悦人的清新，沉睡的城市笼罩在彻底的寂静中。对街楼房的窗都暗了，楼下中庭入夜之后没了活动，宛如没有演员的舞台。

不过，假如真的有人在跟踪他们，那些家伙应该躲在车里，熄了车灯停在对街路口才对。

于是他抓着栏杆探身出去，上下看了整条街，发现路口停了两辆车，想到自己简直像得了被害妄想症似的，不禁露出苦笑。

他回到卧房，但直到破晓才睡着。

隔天早上，维克托靠着浓咖啡恢复到兴奋、兴致勃勃的状态，接着洗澡并刮了胡子。

早餐后，尼娜和索尼娅又准备好要进城了。

"你们今天会去哪里？"他问尼娜。

"还是亲水公园。那里很好，游乐设施都修好了。"

她们一离开，维克托立刻将脸贴着厨房窗户上扫视楼下的中庭，然后紧紧盯着入口。尼娜和索尼娅出现后，他又扫了中庭一眼，发现对街楼房下一名短小精壮的男子站了起来，缓缓跟着她们朝公车站走去。走了二十米后，那男子停下脚步回头张望，只见一辆莫斯科人轿车驶了过来。男子跳上前座，车子就开走了。

维克托看得一头雾水，便匆匆穿上鞋子离开了住处。

车站空空荡荡，公交车已经走了。他招了一辆便车，五分钟后已经在地铁站的手扶梯上了。

他越思考这奇怪的跟踪和刺探，就越摸不着头脑。还有那个身穿松垮足球衣的家伙和一辆没有大人物会死在里头的那种车——尼娜第二次提到那个打探他的胖年轻人时，他的警觉心和危机意识似乎没有联想到这两者。

不过怪归怪，一定有人在跟踪尼娜，希望再一次在城里遇到她，问她更多他的事情。有人盯上他了，而他唯一能庆幸的是，那个身穿运动服的平头小伙子和那辆最新款的进口车跟此事无关。

既然如此，他就不必害怕了。但谜题依然存在，而且必须解决。

在地铁上，他突然发现自己很喜欢这场游戏，应该说这个让他把事情搞清楚的机会。他的自信又回来了，仿佛他再次被人提醒自己是受保护的，尽管他始终猜不透原因，但既然人类米沙和谢尔盖·切卡林都带着三分敬畏提到过，他想肯定没错，有人在保护他不被某样东西伤害。

他出了地铁站就往右转，在一个摆了几十副墨镜的摊位前停下来。摊位旁一名年约二十岁的女孩坐在折叠椅上，同样戴着墨镜。

维克托想也不想就拿起老派的水滴形墨镜开始试戴，接着又试了几副。最后他终于选了一副，付了钱随即戴上。

空气里飘着土耳其烤肉的香味。虽然是工作日，亲水公园的摊贩区还是很热闹，人行道上大多数桌子都被占满了。维克托找到一个空位，点了一杯咖啡和白兰地，没有摘下墨镜，开始左右张望。

他没看到尼娜和索尼娅，但瞥见另一张熟悉的脸孔。那男子年约四十，维克托曾经在几次大型葬礼上见到他。他坐在隔壁咖啡馆外，跟一名高挑优雅的女士同桌。女士穿着系带的蓝色洋装,裙子有点短。两人喝着啤酒低声交谈。

维克托看了他们几分钟,接着又开始环顾四周。

女侍者端来他的白兰地咖啡,请他付钱。女侍者离开后,他喝着白兰地咖啡,暂时将索尼娅和尼娜抛在了脑后。

再过四天就得送走米沙了。他很好奇移植的心脏到底从何而来?

坐了大约半小时后,维克托起身走到船泊处,然后往回直接穿越地铁站,来到亲水公园的另外半边。那里的夏日咖啡馆也坐了一些人,但人数较少。他走到小溪桥上才回头,再过去就是海滩和运动场。他在离地铁站有点距离的一间咖啡馆找到位子,点了杯百事可乐,再次环顾四周。

她们一定在某个地方,维克托一边想着,一边记下坐在几十张桌前的每个人的身材、外形与脸庞。

他忽然注意到一个小女孩。那女孩在步道旁的草地上玩耍,附近几张木椅等距排好,大约离他一百五十米远。最靠近小女孩的椅子上坐了两个人,不过他只看得到两人的后脑勺。

维克托放下可乐,起身沿着两条步道之间的草地走。走到距离小女孩二三十米远时,他已经百分之百确定了。那女孩就是索尼娅。她正在草地里找寻或观察什么。

他停下脚步回头朝咖啡馆走,沿着通往厕所的步道,走到他能看见坐着的那两人是谁的地方。

他在厕所外停了下来,回头往索尼娅望去,同时推高墨镜好看得更清楚。

尼娜坐在木椅上跟足球衣男低声交谈。正确来说是他说她听，她偶尔点头回应。

为了不引人注意，维克托走进厕所，然后出来往咖啡馆走。

途中他朝那边瞄了一眼。现在换成她在说话，而足球衣男在听了。

他忽然觉得自己很蠢。不仅跟踪失去了意义，这一连串事件背后的原因也瞬间乏味到了极点。那家伙显然一片痴心，正在追求尼娜，但看到她老是带着一个小女孩，肯定觉得她名花有主，因此打算暗中动手，试试机会。这时假装自己是她丈夫的老友就是不错的招数了。

那又怎样？维克托一边想着，一边走下地铁站的台阶来到月台。祝你好运了，肥佬！

他回到家之后又过了很久，尼娜和索尼娅才回来。

"散步很愉快吗？"他问。

"愉快呀，"尼娜将茶壶放到炉子上说，"天气棒极了！你竟然窝在家里！"

"反正我们后天就要到乡下去了，我到时再呼吸新鲜空气就好。"

"后天？"

"去看乡间别墅呀。"

"对喔！"尼娜挥手说。"我都忘了。要喝茶吗？"

"好。你今天有见到我朋友吗？"

"还是同一个人，"尼娜耸耸肩，语气平平地说，"叫科利亚……一直在讲自己的事，说他从小就想当作家了，后来投身新闻业……还有他的婚姻出了什么差错。"

"他没再问我的事了？"

"没有，但他一直要我给他一张你的相片，好看看你这些年有没有变，还说要请我和索尼娅吃意大利冰淇淋作为报答。"

"他疯了吗？"维克托说，但这话比较像是说给自己听的，而非尼娜。"他要我的相片做什么？"

尼娜又耸耸肩。

"你们有约好再见面吗？"维克托用询问的眼光望着她说。

"没有，但我说我明天可能还会去亲水公园。"

"好，"他冷冷地说，"那我给你一张相片。"

尼娜惊讶地抬起头来。

"我做错了什么？"她用受伤的口吻说。"难道我得避开你的老朋友？"

维克托一言不发走出厨房，从索尼娅身旁走过。索尼娅在起居室地板上玩芭比梦幻屋。他甩上卧室的门，到床边橱柜拿出一个旧卷宗，从里头甩出一捆相片掉在地毯上。他翻看相片，挑出一张他和前女友妮卡的合照，将其余相片收回旧卷宗里，接着拿出剪刀将妮卡剪掉。他站在镜子前比较自己和相片中的他。是有地方不一样了，可那是一种难以捉摸、无法解释的东西。相片是四年前拍的，在克雷希夏季克街，拍照的是街头摄影师。

他回到厨房，将剪过的相片递给尼娜说："拿去。"

尼娜一脸狐疑地望着他。

"拿着，免得他下次再提，"他又说，试着让语气稍微温暖一些，"还有代我向他问好。"

尼娜拿起相片端详了几眼，接着到走廊将相片收进她挂在钩子上的手提袋里。

# 74

隔天早上，尼娜和索尼娅一出门，维克托就从衣柜上层取出黑色购物袋，拿出依然像礼物一样收好的手枪。沉重冰凉的金属握在手上，感觉好像灼伤了他的皮肤。他手掌握住刻着凹槽的枪把，将枪瞄准衣橱镜子里的自己。

他忽然想起米沙有时会站在这一面大镜子前凝望自己的身影。为什么？是因为寂寞吗？还是因为找不到同伴？

维克托垂下手臂，察觉掌心有一种抵触感，仿佛两种不兼容的元素发生了化学反应。他将枪扔在地毯上，低头检查自己的手掌。掌心白得吓人，仿佛被金属的冰冷和重量夺去了血色。

他叹息一声，弯下腰拾起手枪插进牛仔裤口袋里，接着又瞄了一眼镜子，看见露出口袋的黑色枪把和手枪明显的轮廓。

他打开衣橱，拿出一件旧的蓝色连帽防风夹克穿上，又看了一眼镜子。很好！只是地毯上的阳光显示这套衣服不适合今天这种夏日的温暖。

他拉上夹克拉链，离开了住处。

亲水公园依然人满为患。

今天是周六，他坐在其中一家人行道咖啡馆的桌前这么想。

他环顾左右，发现很多人也穿错了季节，便觉得宽心不少。这些人只是普通人，平凡得很，不可能都藏着武器！其中一个家伙穿了一件像是尼龙纤维做的皮草外套。不过，他的确比维克托老了许多，因此问题可能出在年纪。

"一杯白兰地咖啡。"维克托对僵立在他面前的侍者说。

地铁站外摆满桌子和摊位的小广场突然暗了下来。维克托很高兴云来了，这下他的衣服就搭得上天气了。

他一边等着咖啡和白兰地，一边观察四周。他没看见尼娜和索尼娅，不过她们肯定在公园里，所以他并不担心。

十五分钟后，他起身从两座网球场中间走到奥霍特尼科餐厅的遗址，然后原路折返，接着又从桥下走到亲水公园的另一边，经过尼娜和那个秘密打探他消息的家伙前一天坐的地方。

那又怎么样？他一边找人，一边这么想着。他很快就会知道那个叫科利亚的男人为何对他和他的相片感兴趣了。

走着走着，步道变成了小径，于是他回头朝横跨水道的小桥走。他在桥上停下脚步，俯身靠着栏杆。水道右边是姆林餐厅，宽阔的阳台延伸到水面上，感觉有些阴沉。游客围桌而坐，但维克托要找的人不在里面。阳台下停了一辆银色的加长型林肯，很像人类米沙的轿车。

阳光再度露脸，四周的景色瞬间从黑白变为彩色。小溪舞动嬉戏，绽放翠绿的波光。小桥的水泥栏杆由白转黄，摸起来不仅粗糙还很温暖，仿佛从里面透出光亮。

维克托回头朝露天咖啡馆走去，忽然僵住不动：尼娜和索尼娅出现了。但只有她们两人。索尼娅端着长玻璃杯，里面装了三球不同颜色的冰淇淋，尼娜则在喝咖啡。

维克托左右张望，心想：那个爱打听的肥佬呢？

他挑了一张离她们稍远的桌子坐下，点了一杯咖啡。

尼娜和索尼娅聊着天，不时转头朝地铁站出口瞥一眼。

十五分钟过去了。维克托喝完咖啡但没有起身，沉浸在不请自来的回忆里。

待他回过神来，尼娜那一桌已经变成三个人了。肥佬来了，女侍者正端了咖啡过去。

维克托冷眼旁观，只见索尼娅静静坐着，尼娜对肥佬侃侃而谈。肥佬笑得合不拢嘴，一张月亮脸变得更圆了。他从白色夏季外套的口袋里掏出一条巧克力棒拿给尼娜，尼娜拆开包装纸，维克托看见巧克力已经融了，黏在了锡箔纸上。尼娜舔了一口，将锡箔纸递给肥佬。

维克托一阵恶心，忍不住别过头去。他很想继续监视，但脖子痛得厉害。于是他按摩了脖子几下，然后重新回头。

肥佬已经起身站在塑料桌旁。他比手画脚说着话，似乎想邀她们去某个地方。

尼娜和索尼娅也起身离开，三人一齐朝维克托的方向走来。

维克托全身紧绷，一时不知该如何躲藏，只好俯身趴在桌上，背对着他们即将走过的人行道。

忽然间，他将椅子往后一推，弯腰假装重系鞋带。

"你喜欢马戏团吗？"装可爱的男人声音从他背后传来。

"喜欢。"索尼娅说。维克托身体弯得更低了。

"我们去过两次，"尼娜接口说，声音渐行渐远，"第一次看到老虎，第二次……"

维克托又等了三十秒才直起身子，朝他们离开的方向望去。

他们朝横跨小溪的小桥走，但没有上桥，而是直接右转。

维克托拔腿追到桥边，正好看见他们走进姆林餐厅。

维克托走到桥上，但这回冲着相反的方向，对着弗拉基米尔高地。过了十分钟左右，他转身朝餐厅望去，只见他们已经坐在阳台上，肥佬正在跟侍者交谈，尼娜在跟索尼娅说话。

他没有看见尼娜把相片交给肥佬，但他们桌上那瓶香槟比刚才他们分享融化的巧克力更让他火冒三丈。就算他看见尼娜将相片交给肥佬，也不可能这么义愤填膺。因为相片在他预料之中，香槟和巧克力却没有。

阳光依旧灿烂，维克托穿着连帽防风夹克热得难受，让他更加恼怒。他这会儿靠在栏杆上，再次注视着索尼娅。索尼娅在吃冰淇淋，尼娜和肥佬喝着香槟，不时尝几口冰淇淋。

一小时后，他们离开餐厅，维克托立刻远远尾随在后。他们走到桥下的地铁站入口停了下来，维克托也停下脚步，没有靠近。

肥佬的告别挺普通，没有跟尼娜吻颊道别。维克托带着恶毒的嘲讽注视着两人告别，肥佬转身消失在地铁站里，尼娜和索尼娅朝亲水公园的另一边走去。

维克托匆匆追上肥佬，看见他在月台上，便躲到一根柱子后方。

他们搭上市区地铁，从相邻的两个车门上车。维克托总算能好好端详这家伙。只见肥佬侧身站在不远处，正在看贴在窗内的几十则广告。

这是维克托头一回近距离打量他。肥佬穿着宽松的鼠灰色帆布长裤和白色夏季外套，里面是一件深橘色的足球衫。

他的长相没什么特色，跟谁都像，也跟谁都不像。完全没有特征显示他既缺乏个性，也没有工作。

肥佬在中央车站下了车，维克托也一样。他突然发现自己离肥佬太近，便刻意放慢脚步，直到肥佬上了电梯，其他乘客也进去了，他才搭上电梯，以便继续监视他。

他们穿越车站月台，经由地下道从乌里茨基街口走出地铁站。维克托跟着肥佬一起等电车，搭了两站之后又跟着肥佬一起下车。

肥佬一度朝他的方向望了一眼，但仅此而已。他要么不认得维克托，要么就是眼不够尖。

街上相当冷清，维克托待在电车站按兵不动，看着肥佬走向停车场旁的走道，朝一栋距离马路有点远的高楼走去。

维克托缓缓跟上，看见肥佬朝大楼入口走去，便停下脚步等对方进去。

接着他一眨眼就跑到了入口，站在开着的门前竖耳倾听，同时瞥见那辆熟悉的蓝色莫斯科人轿车就停在大楼外。

入口大厅空空荡荡，悄然无声，只有电梯嗡嗡作响。货用电梯门开了，但客用电梯的门还关着，上方一排小灯泡仍然逐一缓缓往上亮起。后来嗡鸣声停了，小灯泡也熄了一盏，是第十三个。

维克托走进货梯，按了十三楼。

电梯门开，画满涂鸦的墙壁迎面而来，地上到处是扔弃的纸箱。

前方是一条漆黑长廊，飘着狗味。

维克托经过一道道房门，竖耳谛听房里的动静，其中一扇门后传来狗凄厉的哀号。长廊一头有一扇窗，但照进来的光线微弱，只到电梯门的一半。

维克托走到长廊较暗的那一头停下来，再次竖耳倾听。其中一扇门外摆着一辆儿童脚踏车，对面门外则挂着一个车胎罩，用挂锁固定在水管或天然气管上。他走过去贴在门边，里面传来微弱的声响，有人开门、冲马桶。

维克托的眼睛已经适应了半黑的环境，看见门板贴着棕色人造革，门铃则是黑色的。他用门前皱成一团的破布擦了擦鞋子，突然犹豫了起来。那感觉似曾相识又可以理解。他心想追查肥佬的动机到底值不值得？要是他不肯说呢？

他摸了摸口袋，手枪依然沉甸甸压着大腿。知道枪还在，让他的心安定下来。

人人都有权满足好奇心，维克托心想，现在轮到我了。

他果决地按了黑色电铃，门后奏出四小节的《莫斯科郊外的晚上》。

低沉的脚步声来到门边。

"谁呀？"男人喘着气说。

"我是邻居。"

门锁咔嗒一响，房门开了一道缝隙。只见一名年约五十、穿着长睡裤和汗衫的男子探出头来。

维克托愣愣望着那张没刮胡子的圆脸。

"有何贵干？"那男人说。

维克托将他顶开走进了玄关。他无视于目瞪口呆的屋主，匆匆扫视房内一眼，发现肥佬躲在浴室门后面往这里偷看。

"你要做什么？"睡裤男勉强脱身，开口问道。

"他！"维克托指着前方说。

睡裤男顺着维克托的手指望去。

"你找科利亚？"他惊诧地问。

科利亚显然吓到了，耸了耸肩。

"你是哪位？"他缓缓问道。

维克托摇摇头，一脸讶异。

"你明知故问！"他说。

他示意肥佬到厨房去。

肥佬和维克托一前一后走进了厨房。

"你想做什么？"肥佬背靠窗户问道。

"我想知道你为什么需要我的相片，而且对我的生活这么感兴趣。"

肥佬露出恍然大悟的神情。他若有所思地望着不请自来的访客，从白色夏季外套内面的口袋里缓缓掏出相片，看看相片又看看维克托。

肥佬一脸丧气，维克托勇气大增。

"我等着呢！"他语带威胁地说。

肥佬一言不发。

维克托缓缓拉开连帽防风夹克，掏出自动手枪。他没有摆明威胁肥佬，只是让对方知道他的意思。

肥佬舔舔嘴唇，仿佛双唇突然变干了。

"我不能说。"他颤抖着声音回答。

维克托听见窸窣的脚步声，便随即回头并举起手枪，只见眼前是另一张恐惧的面孔。

"滚开。"他说，睡裤男立刻退回玄关。

"怎么样？"维克托眼露凶光，他的耐性已经快用完了。

"我答应做事……"肥佬开口道，"这是我的第一项任务。"

"做什么事？"

"跟报纸……算是采访稿……"他声音颤抖，"我之前在其他部门……这个比较好赚。"

算是采访稿？他这几个月写的就是这些东西？肥佬是来替代他的吗？

不好的预感让他噤声，压抑许久的恐惧再度抬头，拼命占据他的思绪与感觉。

"你要相片做什么用？"维克托冷冷地说。

"相片不重要，只不过因为我知道了那么多你的事，所以想见见你的长相。"

"我的长相……我的长相干你什么事？我写采访稿的时候，对方的脸对我一点意义也没有。让我瞧瞧你写了什么！"

肥佬没有动作。

"我不能，万一他们发现……"

"他们不会的！"

肥佬经过走廊走进卧室，卧室窗边一张书桌，上头摆着打字机，机器两旁都是整齐叠好的稿纸。事实上，整间卧房都整齐到了极点。但空气很闷、很窒息，仿佛几个月没通风了。

肥佬走到桌前，维克托紧随在后。

肥佬双手颤抖，转身望着不速之客。

"快点拿出来！"维克托催促道。

肥佬重重叹了口气，从绿色档案夹里掏出一张纸。


维克托·佐洛塔廖夫短暂而精彩的一生足以写成够分量的三部曲，未来也一定有人为他出书立传，只是此时得有人为他撰写讣闻，作为他人生三部曲的一个悲伤的脚注。

维克托若是坚守文学或新闻的岗位，都将注定成为无名作家。虽然他明显缺乏文学天分，却极擅长发明人物和情节。他没有步上其他无名作家的后尘，成为缄默的政客、无所求的橡皮图章。出于对政治的热衷，他意外发现了一个应用他天分的途径。

维克托的生平大多成谜，包括他何时跟国家安全局Ａ组取得了联系。不过由于这份关系，让维克托·佐洛塔廖夫迷上了"清理"社会的理念。尽管他的政治文学活动突然中断，但目前已有证据显示其部分成效，包括一百一十八人离奇死亡或遇害。用西方人的话来讲，这些离世者个个"大有来头"。从首长到厂长，这些人都有黑暗的历史，被国家安全局列案存查，但由于首长免责权和司法腐败，使得这些人逍遥法外。事后看来，国安局显然就是因此而找上了维克托·佐洛塔廖夫。他所写的"生者讣闻"成为独特的丧钟，为那些人物的死亡提供了正当的理由。

接受（已故）助理美术编辑办公室聘用担任独立记者，为维克托提供了完美的掩护。

目前还有许多细节尚未明朗，但可以确定维克托不仅利用死亡预告来实现社会正义，甚至预定了死亡日期与方式，有时手法甚至过于残酷。根据他自杀用的斯捷奇金手枪的弹道测试报告，他可能亲自参与了一起以上的社会清理行动，因为亚孔尼兹基部长便是遭人用这把手枪击毙，并从六楼扔下。

维克托·佐洛塔廖夫的私人生活也是虚构多于真实，只有一只企鹅是他唯一的真爱。他非常喜欢那只企鹅，当它罹患重病，他甚至不惜安排移植人类儿童的器官，不顾道德考虑，向车祸重伤不治的男孩的家长买下男孩的心脏。

他和黑道大老的牵连同样成谜，而企鹅正是他在黑帮的诨名。骇人的是他经常出席他所协助杀害的人的葬礼，完成一个独特的循环：从撰写死亡预告到跟着死者亲友出席死者的守灵仪式。

如今，维克托接获和执行的社会清理行动已经为人所知，我们期望未来能获悉完整的细节。政府已经成立首长委员会进行调查，国安局 A 组主任也遭撤职。

虽然主任和继任者的姓名不能公开，但我们有理由相信类似事件未来不会再度发生，国安局所有单位再也无权判人生死，连罪犯也不例外。

我们的国家还很年轻。维克托·佐洛塔廖夫对我国文学毫无贡献，但对乌克兰政治局势的影响不仅将成为首长委员会的调查重点，更会成为其他作家好奇的主题。谁知道呢？或许未来会有人为此撰写小说，不仅比维克托·佐洛塔廖夫本人更加成功，也存活更久。

他抬头望着肥佬，肥佬也看着他，等他发表意见。

维克托一言不发地将稿子放到桌上，突然感到沉重的负荷。

他想起总编辑对他说的话：只有当你做的这件事和你这个人都不再有用处了，你才会知道事情的全部。

右手上的沉重将他的思绪拉回到枪上。他现在知道那是斯捷奇金手枪了。

肥佬盯着维克托，圆乎乎的脸上不再浮现恐惧的神色，双唇有如正在构思似的蠕动着。

他看着态度放软、不再咄咄逼人的维克托，终于开口探问："怎么样？"

维克托一脸疲惫地望着他。"什么怎么样？"

"呃，对于我写的……"

"内容干得要命……开头非常糟糕……写得跟小报一

样……拿去！"他将手枪递给一脸惊诧的肥佬,对他说:"让你留着纪念，看到就想起我。"

肥佬瞪着维克托，将枪捧在手中。

维克托的右手终于恢复了自由。把枪交给肥佬就像甩掉病毒一样。维克托默默转身，走出了公寓。

# 75

　　维克托在数百名乘客来来往往的中央车站等候大厅坐到午夜，听着模糊不清的列车进站和发车通知。

　　他穿着连帽防风夹克动也不动。

　　他不再恐惧，但不是放弃或屈服。读到自己的缅怀文虽然震惊，但车站的繁忙嘈杂已经让他恢复过来。好吧，他死期将至，而且昭然若揭。将他塑造成未来名人的那些家伙已经为他设定好了结局（自杀）与时间。他不晓得他们是谁，照理应该对任何坐在或走过他附近的人胆战心惊。但恐惧没有意义，还有机会活着的人才需要害怕。维克托坐在车站里，看不出自己还有活命的机会，虽然他很想多活一阵子，就算一两天也好。

　　但他同时也很受伤，自己的缅怀文竟然出自一个毫无天分的人之手。

他自己来会写得更好，维克托心里想，但立刻丢开了这个念头，只觉得愚蠢又恶心。

而且那家伙为何没提到尼娜和索尼娅？为什么只提到米沙？一定有人比他还认识他自己，而且替他建档的那些人显然知道得比他还多，例如他们连心脏的来源都晓得，而他却毫无所知。

即将抵达九号月台的是从里沃夫开往莫斯科的班车，一个模糊微弱的声音广播道。坐在他身旁的一名女士突然起身，背起沉重的背包和几个非常大的购物袋。

他觉得很不自在，因为他挡到他们的路了，而且那些人一旦离开，这整排座椅就空了。于是他也起身离开，走向车站出口。

将近一点他才回到住处。他轻轻将门关上，脱下鞋子。

尼娜和索尼娅都睡了。

维克托没有开灯，径自坐在厨房桌前，望着窗外对街楼房的窗户。只有一扇窗亮着，在二楼，公寓入口正上方。他觉得应该是女管理员的家。

他看见窗台角落摆了一个蛋黄酱罐，里面插了一根蜡烛，勾起了心中的回忆，便从炉子边拿了火柴，将罐子摆到桌上，点燃了蜡烛。

焦躁的烛火在厨房墙上留下颤抖的阴影。维克托沉迷地看了一会儿，接着拿出纸和笔写下了：

亲爱的尼娜：

　　索尼娅的钱放在衣橱上层的袋子里。我得离开一阵子，请代我照顾她。等风头过了我就回来……

最后一句话不言而喻。维克托本来想在底下划线，最后只是重读了几遍。那个句子很有安慰效果。

祝好！
维克托

他补上这几个字后将字条推开，望着烛火沉思良久。

深绿色的骨灰坛依然摆在窗台上，坛身映着柔和的烛光。

胡须男廖沙很喜欢"风格"这个词。也许他维克托也应该发明自己的风格，在自杀前做一件新鲜事，例如去一个没去过也不会有人想要找他的地方！

烛光照着一张苦笑的脸。

他悄悄走进卧室打开衣橱，从冬季夹克口袋里拿出他和米沙一起赚的钱，接着回到厨房又看了一眼窗外。天这么黑，外头一定很冷。他再度返回卧室，拿了一件毛衣穿在连帽防风夹克底下。他将沉甸甸的一捆钞票放进口袋，然后离开了公寓。

# 76

他花了十元要出租车司机将他载到约翰尼赌场的门口，一名穿着黑色西装的彪形大汉挡住了他的去路。对方的魁梧身材和凶狠态度让维克托忍不住笑了出来。他掏出那捆钞票在壮汉面前甩了甩，接着从中抽了一张，完全不看面额就塞到警卫胸前的口袋里。警卫退开了。

女收银员穿着雪白上衣、脖子围着浅蓝围巾坐在窗后打盹。就夜生活场所而言，这地方太安静了。他困惑地看了一圈，没想到会是这种景象。

他敲敲窗口。女收银员醒了，看见他一袭连帽防风夹克，露出了惊讶的表情。

他掏出一百元，换了几个不同颜色的筹码。

"你第一次来？"女收银员见他动作迟疑，便问他说。"这是用来代替钱的，你可以在酒吧用，也可以拿来下注。"

维克托环顾左右，不晓得该往哪儿走。

"那里。"女收银员突然开口，指着一道厚厚的绿色帘子说。

维克托发现自己来到了另一个世界，跟他想象的比较接近，只不过还是很平和安静。他估计整间赌场不会超过七个人。一个男的坐在桌前跟庄家玩赌轮盘，另一桌坐了三个男的。两个男的在玩扑克牌。赌场里放着轻音乐，酒吧走廊闪着霓虹灯，一名年轻女子端着一杯酒从那里走了过来。

维克托走到只有一名赌客的那张桌子。那名赌客可能是日本或韩国人，正一脸屈辱愤恨地下注。

维克托在他身旁坐下，看他怎么做，然后自己也下了注。

小球在轮盘里滚动、停止，庄家将几枚筹码推到维克托面前。

他赢了！

他之前只在电影里见过轮盘，而眼前的经历就像一部他没看过的电影。他突然豁出去了，将所有筹码押在红色，结果又赢了。那个日本还是韩国佬脸上清清楚楚写满了不可置信。

维克托将筹码全部押在双数，结果又赢了。

真无聊。他将筹码塞进连帽防风夹克口袋里，走到吧台用一枚筹码点了大杯的白兰地，找回三枚另一种颜色的筹码。

玩具钱币、玩具价格、玩具人——这里真的是儿童世界……

维克托拿着酒回到赌桌区，坐在同一张桌前押了一把筹码，然后又赢了。

新手运气好，他这么认为。

那个日本还是韩国佬走了，只剩维克托一个人继续玩。他每押必中，塑料筹码很快就塞满了两个口袋。

"请问，"他问身穿白衬衫和黑领结、态度优雅的年轻庄家，"我该怎么处理这些筹码？"

"换回现金。"庄家回答。

维克托点点头，继续下注赢钱。

后来他回到吧台，然后去了餐厅，遇见一个看不出身材、也看不出年纪的矮胖女人。两人到旅馆开了房……他只记得那女人的胳膊真有力量。

隔天早上，维克托独自醒来，脑袋嗡嗡作响。他起身走到窗边，望着窗外熟悉的广场和小市场。

他决定哪里也不去。他还有一堆用不到的钱……

维克托突然起了疑心，便从椅子上拿起连帽防风夹克摸了摸口袋，没想到那捆钞票和满满的筹码都还在。

梳洗更衣后，他下楼到餐厅用几枚筹码换来一顿丰盛的早餐和更多酒。他回到房间一路睡到傍晚，然后再次下楼，这回的目的地是赌场。

第二晚的手气比第一晚还要好。他不断赢钱，完全不顾后果。他隐约知道一直赢下去不好，但这很奇怪，因为赌博不就是为了赢钱？

在赌桌上赢了一轮，维克托走到柜台。那里没有人，不过一名年约十七，同样身穿白衬衫和黑领结、态度优雅的年轻人显然看到了他，便出现在柜台前。

维克托开始从连帽防风夹克口袋里掏出筹码，撒在窗口前的架子上。

他看见年轻人眼里闪过一丝戒慎，便停下动作望着对方。

年轻人微微摇头，动作小得几乎无法察觉。

"你不能全部兑现，"他低声说，"否则绝对走不出这里。"

"那我该怎么做？"维克托有点困惑地问。

"玩到早上，然后打电话叫朋友到门口等你。"

"这是潜规则是吧？"维克托面露惊诧，醉醺醺地说。

"不是，"年轻人回答，"我们跟大多数赌场不一样，完全照规矩来。"说完他朝维克托昨晚经过的绿色帘子点了点头。

维克托将筹码留在窗口，走过去推开帘子瞧了一眼，只见不到五米外的旅馆大厅站了四名凶神恶煞正在聊天。其中一人朝他促狭地眨了眨眼。

维克托收起筹码回到赌桌继续下注，直到接近黎明才在酒吧里一张舒服的黑色皮沙发上睡着了。

早上九点左右，某人伸手到他口袋翻找旅馆钥匙才将他吵醒。那人找到钥匙后便送他返回房间。

到了第三晚，他觉得赌运似乎离他而去了。他眼前一片迷蒙，几乎看不清自己将筹码放在哪里。但他还是继续赢钱，到最后连穿着帅气、发型利落的庄家和警卫都面无表情，冷冷瞪着他，让他害怕了起来。

快到清晨时，其中一人走到他身边。

"需要我们护送你回家吗？"他皮笑肉不笑地问。

"回家？"对维克托来说，"家"是个恐吓的字眼。

"别担心，我们会开礼车送你，甚至派保镖同行，若你需要的话。你可以兑换筹码，也可以留在这里明天再来。"

"今天几号？"维克托突然问。

"五月九日。"皮笑肉不笑男说。

"几点了？"

"七点半。"

维克托试着思考。五月九日。那天不仅是过去的胜利纪念日，还是米沙班机的起飞日……只不过不是现在。米沙在塞奥法妮娅诊所，他们会在那里等，急着让维克托已无生气的手握着那把斯捷奇金手枪。

他迟疑片刻后问："你们一小时后可以载我到飞机制造厂吗？"

他们一脸惊讶地望着他。

"当然可以，"皮笑肉不笑男说，"要人陪同吗？"

维克托点点头。

那人离开了。

礼车非常大，维克托从来没见过这样的车，感觉就像坐在房间里。保镖从小冰箱里拿出一杯金汤力给他。

他们沿着胜利大道往前开。隔着隔热玻璃，维克托看见许多路人驻足望着礼车经过。

他心满意足地笑了，又喝了一口金汤力。他的酒还没醒。他从口袋掏出一把筹码递给保镖，保镖道谢收了下来。

车子停在飞机制造厂门口，保镖问："接下来呢？"

"请南极委员会的瓦连京·伊万诺维奇过来找我。"

保镖下了车，维克托望着保镖镇定通过检查哨，消失在厂房里。没有人拦他。

五分钟后，保镖回来了。

"他来了。"保镖指着检查哨说。

"你可以回去了。"维克托下车说。

瓦连京·伊万诺维奇神情戒慎恐惧，但一见到维克托就大大松了一口气。

"唉！我还以为是谁呢？原来是你，"他说，"企鹅呢？"

"我就是企鹅。"维克托冷冷地说。

瓦连京·伊万诺维奇若有所思地点了点头。

"走吧，"他说，"我们正在装货。"

Смерть постороннего(Smert' postoronnego, Death and the Penguin) by Andrej Kurkow

企鹅的忧郁 /（乌克兰）安德烈·库尔科夫著；穆卓芸译 .
桂林：广西师范大学出版社，2019.9〔2022.3 重印〕

ISBN 978-7-5598-1956-7

Ⅰ.①企… Ⅱ.①安… ②穆… Ⅲ.①长篇小说 – 乌克兰 – 现代
Ⅳ.① I511.384

中国版本图书馆 CIP 数据核字 (2019) 第 140303 号

广西桂林市五里店路 9 号 邮政编码：541004

出 版 人：黄轩庄
责任编辑：雷 韵
策划编辑：李恒嘉
装帧设计 / 封面插画：高熹
内文制作：陈基胜

全国新华书店经销
发行热线：010-64284815
山东韵杰文化科技有限公司

开本：1230mm×880mm 1/32
印张：9.625 字数：173 千字
2019 年 9 月第 1 版 2022 年 3 月第 2 次印刷
定价：46.00 元

如发现印装质量问题，影响阅读，请与出版社发行部门联系调换。